列萨本迪欧

一部小行星小说

Lesabéndio

An Asteroid
Novel

Paul Scheerbart

[德] 保罗·歇尔巴特 著

徐迟 译

孟马泽人

广西科学技术出版社

图书在版编目（CIP）数据

列萨本迪欧：一部小行星小说 /（德）保罗·歇尔巴特著；徐迟译.
—南宁：广西科学技术出版社，2021.3
　　ISBN 978-7-5551-1523-6

　　Ⅰ.①列…　Ⅱ.①保…　②徐…　Ⅲ.①幻想小说—德国—现代
Ⅳ.①I516.45

中国版本图书馆CIP数据核字（2021）第002607号

列萨本迪欧—— 一部小行星小说

LIE SA BEN DI OU——YI BU XIAOXINGXING XIAOSHUO

［德］保罗·歇尔巴特　著
　　　　徐迟　译

策　　划：黄　鹏　谭智锋　　　　责任编辑：李　杨
责任校对：陈剑平　　　　　　　　责任印制：韦文印
装帧设计：黄　海　韦宇星

出 版 人：卢培钊　　　　　　　出版发行：广西科学技术出版社
社　　址：广西南宁市东葛路66号　邮政编码：530023
网　　址：http://www.gxkjs.com

经　　销：全国各地新华书店
印　　刷：广西壮族自治区地质印刷厂
地　　址：南宁市建政东路88号　　邮政编码：530023
开　　本：889mm×1194mm 1/32　字　　数：140千字
印　　张：6.75
版　　次：2021年3月第1版　　　印　　次：2021年3月第1次印刷
书　　号：ISBN 978-7-5551-1523-6　定　　价：49.80元

目　录

人物简介

比巴：特别年长的帕拉斯星人（Pallasianer），对太阳尤为感兴趣，写哲学书。

邦比姆巴：非常年轻的帕拉斯星人，书中将会记录他的降生。

戴克斯：帕拉斯（Pallas）星球上的首领人物。他的主要工作是运输、加工卡迪蒙钢。

拉卜：艺术家首领，几乎只对包含弧形线条的东西感兴趣。

列萨本迪欧：一名比起艺术更关注技术的首领人物，正在全力推进一座巨塔的建设。

马内西：一名颇有园艺才能的首领人物，对攀缘植物特别感兴趣，培养了许多蘑菇与霉菌——甚至在帕拉斯星球的洞穴中也不例外。

纳克斯：奎科星（Quikko）人。经列萨本迪欧及比巴介绍，与其他九名奎科星人（Quikkoïaner）一起来到了帕拉斯星。

努瑟：光塔的建造者。

佩卡：艺术家首领，只愿意在笔直的棱角处与平面上工作，认为晶状体远比其他形状更迷人。

索凡提：薄膜制造业专家。

第一章

列萨本迪欧让比巴注意一对小型双星，他认为帕拉斯这颗小行星也属于双星系统。可是，对太阳表面的勃勃生机歆羡不已的比巴说，他非常想到太阳上生活。列萨本迪欧想要阻止他，并为他朗读了一个在一颗名叫地球的行星上流传的故事，简而言之，那是一个年迈的帕拉斯星人居住在地球上，而没有被该星球的居民发现的故事。故事的结尾，来自地球的天文学家帕拉斯称，他以自己的名字将小行星命名为帕拉斯，奇怪的是，这和帕拉斯星人为自己的星球起的名字如出一辙。

天空是紫色的。星星是绿色的。太阳也是绿色的。

列萨本迪欧把吸盘足张得很开，牢牢地把自己贴在坡度极陡峭、犬牙差互的石壁上，然后把超过50米高的整个身体——实际上只是一个长满吸盘足的、橡胶似的管状下肢——伸入紫色的大气中。

随着列萨本迪欧将头部钻入空中，大气顶部发生了很大的变化。他橡胶般的头皮像一把伞那样撑开，然后又慢慢闭合，在此期间，他的脸慢慢消失了。随后，他的头皮形成了一根向前张开的管道，下方脸原来所在的位置伸出了一对长管状的眼睛。列萨本迪欧用这双眼睛可以清楚地看见天空中绿色的星星，仿佛它们就在他身边似的。

列萨本迪欧身边的比巴也赶紧把身子伸进紫色的大气中。列萨本迪欧的橡胶躯干笔直牢固地立在大地上，比巴的身体却宛如风中摇曳的草茎。

列萨本迪欧问："比巴，你看到行星地球边上的那对双星了吗？"他的嗓音此时听起来特别洪亮，因为声音经过头皮形成的管道后变得更响了。

比巴也把头皮围绕在耳朵边，形成一根管道，并从这根管道中伸出两根长长的管状眼睛。

然后，比巴也发现了这对小小的双星，过了一会儿，他说："但双星和地球这颗星球无关，它们都是小型星体，是小行星，我们居住的帕拉斯星也属于小行星。"

"没错，"列萨本迪欧说，"我也是这么想的。我只是想知道，我们是否可以在很近的地方看到它们。"

"我经常观察这对双星，"比巴说，"它们行进的速度比帕拉斯星慢许多，所以我们花一段时间就能赶上它们。我们理应立刻就能在很近的地方看到它们。但你为什么对这个感兴趣？"

"双星的上半部分，"列萨本迪欧回答说，"看起来像一个顶部尖锐的漏斗；下半部分是一个自行旋转的球体。球体的极点分别坐落于左侧与右侧。漏斗形星体内部发出的光线从上方照下来，照亮下方的球体。因为旋转着的整颗球体的极点位于左右两侧，光能够将整颗球体照亮，所以漏斗与球体是密不可分的。"

"确实如此，"比巴惊讶地说，"我早就观察到这一切了。可你为什么那么关心这个？"

"因为，"列萨本迪欧非常大声地喊道，"我相信帕拉斯星上面也有这样一个漏斗形物体，或与之类似的东西。换句话说，我觉得帕拉斯星也属于双星。"

过了一阵子，比巴答道："我会考虑考虑的。"

随后，两个人的身体又缩小了，头皮退回到脑后，大大的眼睛重新回到轮廓清晰、弧度优美的鼻子旁边。

比巴的嘴角闪烁起许多细微的纹路，说话的时候，他的头距离吸盘足只有半米。"毫无疑问，我们有权利怀疑所有星体都具有双体性，而且，此类双体系统囊括了各种各样的可能性，比如说我们的太阳与它庞大的行星群就是其中一种可能。行星为一部分，太阳则是另一部分，它更加高等，就像那个漏斗。为什么所有行星都受太阳约束呢？我认为主要是出自无边无际的好奇与钦佩。离太阳最近的两颗星体甚至都不自转，一刻不停地瞪着太阳，它们在令人迷醉的惊叹中完全丧失了自我。接下来那一颗被我们叫作地球的行星不再如此激烈地被太阳无比的力量吞噬，它还保持着自转的习惯。它甚至还不忘记让自己成为太阳，它的月亮一动不动地盯着它，就像离太阳最近的两颗行星瞪着太阳那样。虽然我并不是行星，也远远比不上它们，可我几乎与那两颗行星一样崇拜太阳。太阳表面迅疾的风暴——那些永无休止、狂野地燃烧着的烈火——还有那些充满活力的光与热同样也撕裂了我。对于如此无以名状的力量，如此惊人的速度，以及如此执拗而熊熊燃烧的过剩生命力，我们还能说些什么呢？我想改变自己的形态，让自己在太阳表面上无影无踪，不被任何人发现。总有那么一天，我要站在太阳表面的中央，站在所有耀斑与日珥中间，目睹它们的美妙绝伦——只要有那么一天！生命最崇高的迷醉一定就在那里，这种迷醉简直能让所有幸运的行星都昏昏欲睡。哦，要是我能去那儿该有多好！列萨本迪欧，太阳比它所有的行星都大。"

"可在更广阔的区域中，"列萨本迪欧回答道，"太阳们也与我们一样，围绕着位于我们星系的正中央的、更庞大的'太阳'旋转。离该中心更遥远的地方，也就是离帕拉斯星公转轨道很远的地方，也有不少像太阳这么硕大的星球与我们一样围绕着太阳这个中心点旋转，你为什么只把心思放在太阳上呢？还有，难道我们的帕拉斯星还不足以让你欣赏吗？"

比巴挪动着四条手臂，臂中伸展出许多长长的手指，在空中做了个意味深长的手势。然后，他将手臂伸出十米远，用所有手指颤抖地指着位于中心处的绿色太阳，这颗最厚重的绿色恒星在紫色的天空中温柔地闪烁着，仿佛一个全然寂静无声的宇宙。

"它根本不是寂静无声的！"比巴喊道。

现在又轮到列萨本迪欧说话了，与此同时，比巴将手臂重新缩回身体的褶皱。

"我最近发现了一本有趣的书，写的是一个帕拉斯星人在地球上逗留的故事。他在地球上没有被任何人发现，而且地球上的生活根本就没有那么吸引人。如果你也以同样的方式抵达太阳的话，那你的情况应该和他差不多。"比巴对此兴趣盎然，很想知道这本书里写了些什么。列萨本迪欧用好几根手指攥住他的项链，精美的丝线上垂下了许多小小的卷轴。列萨本迪欧用他灵巧的手打开了其中一张卷轴。

因为大多数帕拉斯星人的视力几乎能与显微镜媲美，所以帕拉斯星球上的所有的书籍差不多都是以最小的、适宜显微镜观察的样式印刷的。这样，每个帕拉斯星人都可以把自己的整座图书馆挂在脖子上。

列萨本迪欧缓慢而清晰地朗读起那本在地球上待过的帕拉斯星人写的书：

"在帕拉斯星人中特别有名的那颗棒状陨石把我带到了行星地球的轨道上。我安全无虞地到达了地球表面。地球是一颗非常重的行星，但它是由物质组成的，这和我们在帕拉斯星上了解到的完全不一样。不过，地球表面上的居民既看不见，也感受不到我硕大无朋的躯体；我却用我出色的眼睛见证了地球上发生的一切。我看到的东西或许非比寻常，但它多少也让我感到欢喜。地球生物会不自知地穿过我的身体。它们穿过的时候，我能够感受到的只有肢体间传来的一阵细微且并不令人厌恶的刺痛。我也尝试过进入地球的内部，但在任何地方都没能成功，所以我不得不停留在地球表面。这里到处都可以找到能为我的身体提供滋养的植被。不过，在帕拉斯星，我们只要用身体接触星球上的菌群，就可以用毛孔吸收其中的营养。在地球上，我却要将蘑菇与霉菌先连根拔起，才能利用毛孔吸收其中的营养。地球居民进食的方式让我震惊：它们用嘴进食，直到身体鼓胀才停下。最可怕的是，它们杀害其他生物，将它们撕开、扯碎，弄成一块块或一团团后塞进嘴里。它们的口中长着石头一样硬的牙齿，几乎可以捣碎一切。我千方百计地想让它们注意到我，但我没成功。地球生物的智力水平有高有低，其中一种长着高跷般的两条腿、费力地拖着身体行走的生物最具智慧,他们称自己为人类。这些人类原本就是掠食者,这个词描述的是那些用爪子与牙齿攻击、杀死并吞食其他生物的生物。出自掠食者的本能,他们形成了一种最为残暴的习惯。人类不仅消灭了地表上不那么聪明的动物,甚至还为了食物自相残杀。尽管我从未见过他们吞食同族,但我亲眼见过成千上万的人类彼此缠斗,用铁制的兵器与射击的武器为彼此留下最可怕的伤口,其中大多数人很快就咽气了。"

"别说了!"比巴突然大声喊道,他的脸的颜色变得格外蓝,"你怎么可以给我念这些呢?你这是在折磨我。难道我要相信太阳表面的居民也处于如此低等的发展阶段中吗?除非亲眼所见,否则我永远都不会相信。这也太可怕了。你是要夺走我对太阳的渴望吗?"

"可是,"列萨本迪欧说,"这个故事怎么会让你那么激动呢?难道你不应该为生活在一颗更幸福美好的星球上而感到高兴?你看,亲爱的比巴,我确实希望能打消你对太阳狂热的渴慕。如果你对另一种生活过分渴望,却忽视了当下生活环境中的优越,这就不好了。根据我手上的这本书来看,生活在地球表面的生物也有它们的长处。"

"求你了,"比巴轻声哀求道,"别开玩笑了,你可别告诉我这些在地表上互相残杀的地球生物的生命中还有什么光明之处。"

列萨本迪欧笑着表示反对，继续朗读起了手中那本小书上的内容：

"虽然听起来很不可思议，但我必须要说，这些人类中的每一个都关注着其他星球上的生命，他们用玻璃状的眼睛观察着放大后的其他星星。尤为有趣的是，我听说人类也发现了帕拉斯星。他们以发现它的天文学家的名字把我们的星球命名为帕拉斯。这个天文学家的全名叫彼得·西蒙·帕拉斯（Peter Simon Pallas），我还见过他本人。自然，帕拉斯对我们知之甚少，但他知道我们星球的直径有40多德国里^①。他只见过我们的星球发出的一个光点。这位彼得·西蒙·帕拉斯见到的当然只是我们被太阳与绕太阳旋转的、最大的行星（人类称它为木星）照亮的大气层。不过令人不可思议的是，为我们星球命名的地球天文学家的名字竟与我们给自己星球起的名字一模一样。因此，我们对其他星球上的低等生物做出贬低的评价时也不可过于武断。"

比巴神色稍霁，脸也变回了原来的浅棕色。

不过，比巴想自己把这本书读完，列萨本迪欧便把书借给了他。

---

① 计量单位，1德国里相当于7532.5米。——译者注（若无特别标注，本书脚注均为译者注）

　　等比巴把书固定在项链里的丝线上之后，两人决定登上陡峭的岩壁。他们又开始向上方伸展，身躯在片刻之间就变得极小，然后用收缩起来的吸盘足弹跳起来，飞向高处，大约有300米高。

　　他们在空中展开背上的翅膀，好再接近岩壁，并用吸盘足吸附在上面。他们再次从那里一跃而起，就和先前一样。几次跳跃之后，他们就登上了峰顶，环状的山岳封住了帕拉斯星球的上端。

第二章

本章首先介绍了帕拉斯星这颗圆桶状的星球，然后介绍了北部漏斗中不断奔驰的带状轨道。列萨本迪欧和比巴一起造访了崭新的巨塔，他们与努瑟、戴克斯及马内西一起搭乘用绳索制成的缆车。在塔顶，众人观赏到了黑夜降临时的奇景。努瑟待在自己建造的塔上，其他四位先生继续向星球的中点行进。列萨本迪欧只身飞下中枢，观赏着途中北部漏斗里的灯光，而另外三位先生则使用绳索更快地抵达星球的中心点。

封锁住帕拉斯星上部的环形山脉中有不少高峰，也有不少陡峭险峻的岩壁。这座山形成的圆环直径达20德国里。

从外部观察，帕拉斯星球就像是一个桶，从上至下高40德国里，宽度约为35德国里。圆形桶盖所在的位置直径为20德国里，上下均等。不过这个桶实际上是没有盖子的。在桶的内部，顶端与底端各有一个宽达20德国里的空漏斗。两个漏斗的尖端在星球的中点相接。中点处有一个孔，最窄的部分也有半德国里宽。两个漏斗通过该孔相连。这个鼓胀的大桶绕着自上而下穿过中心点的垂直线段缓缓地自转。此外，除了两个空漏斗，整个桶都是由固体物质组成的。

现在，列萨本迪欧和比巴正位于北边漏斗的上端，那儿矗立着许多高耸的山峰。向下20德国里就是那个倾斜的中心点。不过，巨大漏斗的内壁并不平坦光滑，和顶部一样，那儿也密布着犬牙差互的峰尖与陡峭的岩壁。连这些岩壁也不是光滑的，它们经常被中途截断，许多纵深的峡谷在其中交织错落。

因为长着吸盘足，帕拉斯星人能够高高地跃入大气，并通过振动背上的翅膀在空中保持悬浮，所以他们可以非常轻松地抵达任一座山峰的顶部，可以在任何地方着陆。不过很快，这种自然的移动方式在帕拉斯星人眼里就显得不够迅速了。因此，他们在两个漏斗间建造了无数所谓的带状轨道，这些轨道将来自各个方向的山峰与峡谷——无论水平、垂直或是倾斜——连接在一起。

带状轨道由长长的带子组成，宽度不超过5米。它们在两头自动滚动的滚轮上以非常快的速度移动：一条在上方，另一条在下方。如今，帕拉斯星人只需要跳上长带，将吸盘足固定在带子上即可——他们可以在转瞬间完成这一动作。最后，只消一跳，帕拉斯星人就能够以某个给定的速度在空中飞行很久，直到抵达第二条轨道——它将再次为他们施加一个与第一条轨道相同的速度。

另外，也有许多长带是朝其他方向行进的。如此一来，南北漏斗间的所有长带就可以轻松地将人载向四面八方。整条长带当然是无休无止地运动着的，因为不断旋转的滚轮就是要让它不中断地进行着往复运动。

带状轨道引发了一阵狂热的交通风潮。帕拉斯星人不断借着长带向上飞，又向下飞。于是，那些以自然的移动方式缓慢地在空中飘浮的帕拉斯星人显得格外扎眼，好像他们是游手好闲的懒虫似的。

为了保护吸盘足，同行的帕拉斯星人经常叠坐在一起，这有时候看起来特别滑稽。当两人乘坐带状轨道飞速登上一座遥远的山头时，比巴就把吸盘足贴在列萨本迪欧翅膀后面的背上。后来，列萨本迪欧又坐到了比巴的背上。两人迅速地来到漏斗上端，须臾间就飞过了至少30座宽阔的峡谷。

接着，他们迅速地从最后一条轨道飞向一座高峰的峰顶，数以千计的帕拉斯星人静静地坐在那儿，凝望着一座崭新的建筑。

这是一座玻璃塔。

可这座耸立在星球上的玻璃塔足足有1德国里那么高。

自然，几千名帕拉斯星人的视线都静静地聚焦在这座新建筑上。

建造这座塔的帕拉斯星人努瑟看到了列萨本迪欧与比巴正向他飞去，立刻就像打开一把巨大的雨伞似的将头皮从侧面张开，并摆动起头皮的边缘。列萨本迪欧与比巴也做了同样的动作。帕拉斯星人想与对方说话的时候，他们总是以这种方式进行寒暄。

他们交谈着。

帕拉斯星人的嘴角闪烁起许多细纹，轮廓分明的鼻子时不时地抽搐着。

玻璃塔是座光塔，它应该能在漫长的黑夜里发出闪亮的光芒。帕拉斯星上的一个长夜有地球上的一个月那么久，白天也同样如此漫长。

但是，真正为帕拉斯星提供光明的并非太阳，而是一片位于北部漏斗上方的庞大白云。

此刻，白云依然明亮地闪耀着。漏斗边缘处的山峰也大都是白色的，只有极个别呈现出蓝与灰的色调；在漏斗的深处，蓝色与灰色变得更深、更普遍，白色则寥寥无几。

帕拉斯星人的脸庞是黄色的，只有眼睛与嘴唇是棕色的。他们头皮遮盖住的黄色皮肤上呈现出许多辐射状的棕色条纹；他们头皮的后侧是深褐色的，橡胶质地的深褐色身体上长着许多大小不一的黄色斑点。

努瑟已经建造了不少光塔，它们大多位于北部漏斗深处的峰顶，但其中没有一座能达到这座巨塔体积的十分之一。此刻，数以千计的帕拉斯星人正目瞪口呆地坐在它面前。

努瑟抱怨道："说服帕拉斯星人建一个那么庞大的东西简直是难于登天。我其实还想再建100座像这样的巨塔。可目前来看，我的好朋友们还不太喜欢这样，他们总是喜欢不同的东西。"

"哦，"列萨本迪欧降落在那儿，"这就是我们力量的秘诀：我们克服的困难和障碍越多，我们的力量就越强大。我们所做的一切只是为了让我们更有力、更伟大，也更重要。"

所有帕拉斯星人从事的活动都是为了进一步扩建或重建他们的星球——特别是在改变景观方面——并使之变得更华丽、更壮美。

就在不久前，他们在桶状星体的内部发现了一种材料，它显著地增长了帕拉斯星人对建筑的渴求。材料的名字叫卡迪蒙钢，它是一种坚不可摧、长达数德国里的杆状材料。

新的光塔也是用这种材料建成的。如果没有这种新材料，这座塔自然是达不到这种高度的。

站在努瑟旁边的帕拉斯星人戴克斯是最懂得如何处理这些卡迪蒙钢的。他将两座巨峰的峰顶连接在漏斗边缘地带的两个对立面上，形成了一个巨大的弧形；负责规划植被的马内西则在连起峰尖的巨大半圆中种满了倒悬、高耸的帕拉斯星树木。马内西现在也站在努瑟身边。

努瑟以前只是个灯光调节师，他对自己设计出的那座色彩鲜艳的玻璃塔颇感自豪。光塔的顶端有不少隆起处，还有许多旁逸斜出的侧支，后者像辐射状的光束般进出塔外。

五个人花了足够的时间欣赏完巨塔后，再次从眼睛中伸出长长的管道，他们的头皮像鞘一样环绕着望远镜般的眼睛。五人凝视着戴克斯尚未完成的新作品，它距离漏斗边缘20德国里，相当显眼地横亘在观者眼前。

然后努瑟请剩下的四位先生与他一起登上这座崭新玻璃塔的顶端。

天空是深紫色的，人们能够看见天空中所有绿色的星星，深绿色的太阳旁边还有一颗浅绿色的彗星。白云在北边漏斗的正上方闪烁。洁白的云朵上已经沾上了一些深灰色的斑点。

"我们得抓紧点！"努瑟说。然后，五个人纷纷跳入塔内，每个人都在那儿拿起一把巨大的、状似老虎钳的工具。

塔内卷着一捆捆厚重的绳索。绳索与老虎钳紧紧地拴在一起。帕拉斯星人将他们的下半身飞快地卷在老虎钳长长的压杆上，几秒内他们就能够飞上塔尖。制动装置在1000米之上的高空中作业，它会在适当时刻将连在绳索上的钳子松开，而乘客不会有任何风险，他们可以立即从塔尖飞入更遥远的天际。

五个人立即登上了塔顶。列萨本迪欧激动万分地说："这里的风景真是太美了。我们竟然来到了这么高的地方，这让我太惊讶了。如果我们从漏斗边缘的峰顶上出发，搭乘最快的带状轨道，我们飞起的高度甚至无法达到300米；而有了这样的高塔，我们可以飞入7500米的高空。如果这还不稀奇的话，我不知道什么算得上是稀奇了。在照亮我们的云朵之上存在着斥力。如果我们能将塔建得更高，是不是就能克服这种斥力了呢？"

"那你想怎么做呢？"戴克斯问。列萨本迪欧答道："我们可以在每一座位于漏斗边缘的峰顶上建一座高几德国里，且极为细长的塔，并让它向漏斗中央弯曲。然后，我们把这些斜塔的塔顶连成一个圆环，该环的直径要小于漏斗边缘的直径。接着，我们就可以继续在这个环上建斜塔，再将这些斜塔的塔尖连成一个更小的圆环，只要如此重复50至100次，我们就可以进入云中，很快就可以知道云上或云后面的世界了。我猜，那上面隐藏着我们生命的秘密。"

四位听着列萨本迪欧高谈阔论的先生们会心一笑。努瑟随即笑出了声，说："真是个不错的计划！但我想知道你要从哪儿搞来那么多建筑工人。我连建第二座塔的人都找不齐，而你，如果我没有弄错的话，你是想要建一千座塔吧。"

戴克斯接着喊道："那材料呢？唉，我们还得挖多少卡迪蒙钢啊！我们有没有那么多啊？不过，我相信，钢材一定是足够的。"

话音刚落，其他人就把戴克斯团团围了起来，问他是怎么知道的。他向他们解释了一些他的发现与猜测。

在此期间，高处的云渐渐暗了下去，并开始以惊人的速度下沉。帕拉斯星的夜晚降临了，云环绕着整颗桶状的星球。只有南边漏斗的下方还留有一丝缝隙。

云像是数万亿根精细如蛛丝的纱线，它们虽彼此缠绕，但没有纠缠打结。

天空中的星星已经看不见了。在北部漏斗中，几百座由努瑟建造的小小光塔闪闪发亮。五个人头顶上的巨大光塔中，许多色彩斑斓的探照灯在黑夜里放射出耀眼的光芒，强烈的返照从环形山的深处映出。

比巴、马内西和戴克斯想立刻进入星球的中枢孔，他们想去听听那里的奇特音乐——每逢黑夜降临，中枢孔都会传出这种乐声。他们再次利用系在老虎钳上的绳索将自己发射出去，一直去到很深的地方。在底部，他们搭上同样由绳索制成的隧道缆车，利用钳子，他们一样可以在两分钟内行进20德国里，一直下到中枢孔所在的地方。这样的隧道缆车有很多。而且，所有的隧道里使用的都是结实的绳索，而非长长的带子。

努瑟留在了他的塔上。

列萨本迪欧从塔盘高处跃向远空，但他起跳的高度并未超过50米。然后，他在空中展开背上的翅膀，侧身摆入漏斗，他缓缓地旋转着，望着漏斗中无数的电光。发光的不只有努瑟建造的光塔。本应生长着花与果实的树上挂着大大小小的气球，早上的时候它们松弛地垂在树上，到了晚上，它们则膨胀得很大，在夜色中闪烁着磷光。

那儿也有萤火虫。很多萤火虫。

与所有帕拉斯星人一样，列萨本迪欧身上的各个部位都在发光——只要他愿意的话，他随时都可以这么做。

列萨本迪欧把他长蛇般的身体盘成一圈，把吸盘足盘上后脑勺，用最舒适的方式慢慢地旋转着张开的翅翼，一直降落到深处。夜晚如此美妙。

第三章

列萨本迪欧缓慢地飘浮着，在空中划出巨大的圆弧。他穿过闪闪发亮的北部漏斗，来到响彻着索凡提乐章的星球中枢。他与索凡提一起穿过中心点，抵达处处都是磁轨的南部漏斗。千奇百怪的引力关系影响了晚间帕拉斯星人如何在南部漏斗安置他们的脑袋。列萨本迪欧和佩卡与拉卜进行了对话。此外，本章中还提到了探照灯投出的时钟以及帕拉斯星人是如何在夜间休眠的——当然也包括他们如何抽气泡香草。

列萨本迪欧慢慢地降落到深处，在此过程中，他的吸盘足一直盘在后脑勺。很快，他收回了一只翅膀，接着又迅速收回了另一只，好让自己在空中绕着巨大螺旋的同时不断下降。

他经过许多由努瑟建造的、突起而直立的尖塔。他用长管状的眼睛看遍了20德国里深的漏斗中的每一个面。他看见了许多深邃的岩洞，看见了每一座在岩洞入口处耸起的锥形山峦，看见了无数高高地架在山谷与斜坡上，通往其他方向的宽阔桥梁。他也看见了不少人造的拱顶，其中有一些架设在深渊之上——他在空中望见了所有的拱顶，漏斗深处彩色的水晶灯照亮了一切。

漏斗中五颜六色的灯光让列萨本迪欧陶醉。在那儿，只有个别几处依然笼罩在黑暗中。巨大的气球果实闪耀着磷光，萤火虫闪烁着，帕拉斯星人的身上也发着光。不过，所有这些"自然的"光线并无法将整个漏斗照得足够明亮，真正起到照明作用的是彩色的光塔，是无数不停地转向四面八方，将人造的光线投射到漏斗各处的彩色探照灯。帕拉斯星人花了很大的力气才将这些人造的光源安装到各个带状轨道的起点与终点处。帕拉斯星到处都分布着这样的带状轨道，它们横向、斜向、径直地向各个方向穿梭。漏斗中既有10至20德国里长的轨道，也有数不清的、略短些的轨道，其中不少轨道通往岩洞或洞窟深处，人们可以从任意地方进入星球的最深处。

列萨本迪欧一边在漏斗中绕着巨大的圈，一边在带状轨道上用长管状的眼睛观察。周围的帕拉斯星人正以极快的速度上下飞蹿。他们的身体在漏斗四处闪出亮光，就好像在漏斗的各个内壁上不断地擦出向四面八方发射的火花似的。

如此耀动的火花在漏斗底部形成了一道光壁，闪烁的光壁上结实地矗立着一座座五彩缤纷、笔挺、坚如磐石的努瑟光塔。不断移动的彩色探照灯远远地将光芒投在漏斗的内壁上，连漏斗中的空气也被染上了颜色。许多帕拉斯星人与萤火虫一起飘在空中，探照灯投向各处的光也在空中摇曳，人与虫经常会与灯光碰撞，他们残留的光锥常常因为彼此的身姿与投下的阴影而充满了奇异的活跃感。

在漏斗中央，尤其是在顶部，探照灯的光不再如此耀眼。只有稍大些的探照灯用足马力，才可将光投到六七德国里之外的地方。光锥垂直上升的同时，夜幕初降时的蛛网云也忽明忽暗地闪烁着，此时此刻的漏斗顶部格外雄伟壮观。

列萨本迪欧停在中间，因此他很少会被探照灯照到。

他不再盯着火花四射的漏斗壁，也不看光塔。他往下望，凝视着星球的中点。

在中点处，越往下越明亮，颜色也越缤纷多彩。

还有一曲音调极长、极奇异的优美乐曲从深处传来。

音乐来自连接南北漏斗的中枢孔。

在中心地带，漏斗的内壁极其粗糙，各个地形间只相距半德国里。在这儿，黑夜开始的时候会传来因空气流动而发出的宏伟声响，那是空气穿过疾速降落的蛛网云所发出的声音。

自然，帕拉斯星的南部漏斗是倾听音乐最好的场所，为了增强音效，并使它更具旋律性，人们在中心处撑开了许多张纤薄的，大多十分庞大的膜，这样一来，乐声在经过参差不齐的岩壁时会产生奇妙的变化。由于这些薄膜特意被布置成能够轻易穿过其他地形的样子，因此在可移动的薄膜之间产生了美妙绝伦的旋律，自然，用大小不一的喇叭与种类繁多的金属管弦乐器同样也能演奏出这样的音乐。

在朋友的帮助下生产出这些薄膜的帕拉斯星人名叫索凡提。夜晚降临时，南部漏斗总是聚集着许多想要倾听最新的索凡提乐章的帕拉斯星人。

但是，在北部漏斗的中枢孔（它的直径只有1.5德国里）上方，戴克斯应索凡提的要求用卡迪蒙钢架起了一个巨大的支架，支架内的每一侧都安装着指向内部的钢杆，一个环在顶部将它们连接在一起，而该环上又竖着一轮钢杆，顶部由一个小一些的环连接。

索凡提在每一根钢杆上都贴上了他最新式的巨大薄膜，每一片薄膜都在铰链间移动。

列萨本迪欧看到这个钢支架时，他立刻收回了盘在后脑勺的吸盘足，大声喊道："这个索凡提！他实际上已经把我想要建造在巨型光塔上的高塔弄出来了，就在下面这个小小的中枢孔上！这个戴克斯！这个索凡提！所以我那个高塔的主意根本不是什么新鲜事！"

索凡提正巧就在附近欣赏着从漏斗上方传出的音乐。听到了列萨本迪欧的高呼后，索凡提向他喊道："列萨本迪欧，你为什么自言自语得那么大声？你说的每一个字我都听到了。"

列萨本迪欧认出了索凡提的声音。

两个人热切地谈起了大钢塔与小钢塔。

与此同时，中枢孔内的乐声在无比震撼人心的和弦中达到了高潮，整个北部漏斗的内壁都细微地震动着。为了更清晰地听见最新的索凡提乐章中强有力的和弦，到处都有借带状轨道之力跃起，浮在空中的帕拉斯星人。比起高1德国里的巨型努瑟光塔，这音乐更让帕拉斯星人沉醉。

当列萨本迪欧与索凡提一起向隆隆作响的中枢孔深处飘去时，努瑟仍然站在他的高塔上，骄傲地环视着漆黑的蛛网云与色彩斑斓、星火四溅、光芒万丈的北部漏斗，那儿也闪耀着其他由他亲手建造的光塔。努瑟所在的高处一片寂静，听不见一丝从中枢孔传来的乐声。

可在南部漏斗，这音乐在岩壁四周飘扬、回响着——它通常有千种回声。帕拉斯星人一次又一次地高速飞行，只为了飘浮在空中倾听美妙的音乐，有人摆动着一双翅膀，也有人用一只翅膀滑翔。音乐整整持续1个小时——帕拉斯星上的1个小时大约是地球的一天也就是24个小时。

整个南部漏斗自成一个世界，与北部漏斗几乎没有什么共同之处。南部漏斗中的设施更陈旧，且大多和北部漏斗完全不同。这与引力的奇特有着很大关系。

因为帕拉斯星内部膨胀的中空部分体积特别大，所以漏斗内不同的内壁受到的引力也非常不同。此外，夜间的云以非常微妙的方式推动了重物间的关系。人们无法分辨重心的位置；在南部漏斗的白昼，帕拉斯星人需要四平八稳才能把头向北方倾斜，但是到了夜里，他们可以将头向任何方向移动，身体也不会产生一点不适。因此有时候，帕拉斯星人会张开吸盘足，坐到位于漏斗某处的、巨大而紧绷的薄膜的一侧，另一侧同样会有帕拉斯星人坐上去，于是，同一片薄膜经常会被一上一下两只吸盘足保护。从远处看，这种如此接近的对立有时候显得尤为古怪。

漏斗的空隙处缠着无数钢丝绳，绳间铺着许多薄膜。仅供人休息的薄膜数量并不多，所以像这样的空隙仍旧到处都是。这个空间内的交通全部仰仗钢丝绳，于此地穿行的帕拉斯星人都被吸附在一块有磁力的金属片上，因而它也被称为"磁轨"。位于索道交汇处的磁片可以被放到任何一个位置，甚至是不受引力影响的地方。如果有人想在长2至4德国里的绳索上快速地滑翔至悬在空中的环上，他必须先在下一个交汇处将磁片调整到正确的位置。操纵上面的曲柄装置并不困难，只不过，这有时需要花费很长时间，因为往另一个方向的乘客也可能需要使用磁片。无论如何，北部漏斗中的带状轨道使用起来更加方便。再者，磁片会不断受到来自漏斗内壁的不同引力的极大干扰，让人很难轻松地飘浮到他们想去的地方。因此，帕拉斯星人很少在南部漏斗的空中飘行，几乎所有人都使用缓慢陈旧的磁轨。北部漏斗的大多数带状轨道的速度比它快80至100倍。

帕拉斯星人通常花半个晚上（大约是地球上的半个月）出席各种社交聚会。不过，那些需要尽快竣工的地方依然有人劳作着，而且总有正在施工中的地方。

无论是在南部漏斗还是在北部漏斗，一到夜里，都有一面由探照灯投出的，自行走动的巨型时钟显示出时间。不过，这面钟需要几百盏探照灯同时工作，它们总是以特殊的角度比邻而立。帕拉斯星人可以通过这个在一段时间内保持静止不动的角度推测出当下的时间。

夜晚已经过半，列萨本迪欧与艺术家的领军人物拉卜、佩卡在星球的中枢集中。三个人的话题自然绕不开列萨本迪欧想在北部漏斗顶部建造的那座皇冠状巨塔。听到这个计划后，拉卜与佩卡会心一笑。

"你能从哪弄来这么多劳动力？"两人都问道。佩卡想要将这颗帕拉斯星变成结晶状的、规则的石质星球，它得像柱子般有棱有角，像直线那么牢固，还得既坚硬又刚强。了解列萨本迪欧计划的来龙去脉后，他对此并不抱什么好感："我不太喜欢用卡迪蒙钢建造的东西。我喜欢更小巧、更富有棱角的建材。"

拉卜的兴趣则要大得多。他想在所有地方都涂上釉彩、珐琅与石膏花泥，使它们变成虬枝、坚实的根茎、拱顶与盾牌。他不明白列萨本迪欧想怎么造他的塔。列萨本迪欧解释说，他想在钢筋相交的地方增添一些拱形及根形的装饰。不过没过多久，三人就在没有达成任何共识的情况下进入了梦乡。

后半夜与白天的第一个小时都是帕拉斯星人的睡眠时间。

睡觉时，他们用皮肤上的毛孔吸收营养。他们睡在漏斗内壁间灰灰蓝蓝的山谷与山脊中那些长满蘑菇与霉菌的草地上。漫长的白天里，这些营养丰富的菌物会重新长出来。

帕拉斯星人入睡前会在背上生出一层皮肤，睡梦来临时，它会向两侧张开，高高地向上伸去并包围整个身体。这样，睡着的人就像被裹在一个椭圆形的巨大气囊里似的。

在气囊中，帕拉斯星人像抽烟般吸吮长在他们左边某一条手臂上的气泡香草。它的根部插在他们的口中。用嘴吸入气泡香草的芳香气味后，他们的鼻腔与毛孔中很快就会冒出小小的气泡，它们会在气囊中慢慢变大，并粘在气囊的顶端。这些气泡能清洁帕拉斯星人的身体，且会发光。

帕拉斯星人睡着的时候不会发光。

第四章

列萨本迪欧做了个梦。本章将会介绍帕拉斯星人苏醒的过程。他们会先将气囊小屋划开，并让它们升入空中。列萨本迪欧醒来后去了佩卡的工坊，并试图说服他加入自己的北部漏斗改造大计。他没有成功。接着他们前往拉卜的工坊，拉卜在工坊里想到了让索凡提在列萨本迪欧的塔上铺上透明薄膜的主意。列萨本迪欧接着谈到了如何抵抗疲倦。最后，一位垂死的帕拉斯星人消失了。

列萨本迪欧做了个梦。

他看见自己左右两侧的肩膀上突然长出了又长又粗的手臂，而这些手臂又变为许多巨大的爪子。他在红色的空气中飞翔，将手臂从两侧展开，然后，他尝试着把爪子聚拢。此时，他发现爪尖上生出了许多巨大的气球。这些气球不断地胀大。因为无法把爪子并在一起，他便尝试着将一双长出气球的手臂从侧面向后甩。他成功了。列萨本迪欧以惊人的速度向前猛冲，这样他的手臂就能被完全甩在身后了。他感觉自己又能够自由地移动爪子了，气球也消失了。接着，他用僵硬的动作把手臂重新扳到身前，甚至没有弯折它们一丝一毫。可一回到身前，爪尖就又和之前一样长出巨大的气球。他只好再一次把手臂向后甩，再一次以飞快的速度向前冲去。

"我们现在再也不需要什么带状轨道和绳索了，"列萨本迪欧在梦中高喊，"光这样的速度就够快了！"不过，说完这话后，梦中人醒了。他看到环绕着他身体的气囊中满是又大又白的气泡，它们都是从气泡香草的烟雾中冒出来的。他用宽大手掌上的尖锐指甲切开紧贴在身体上的气囊。气囊随之带着气泡一起升入明媚的晨曦，并渐渐消失在天顶。

周围其他帕拉斯星人的气囊也升上了天空。白色的蛛网云又一次在高处照耀着北部漏斗。所有帕拉斯星人都揉着眼睛慢慢醒来，看着四周白色、蓝色或灰色的岩石。

列萨本迪欧跳上最近的带状轨道，纵身跃入一个幽深、通体深蓝的山谷，进入一个高6德国里的洞穴——佩卡将其称为自己的工坊。

这儿有许许多多颜色各异，打磨得非常光滑的岩石，它们的角与边缘都很尖锐。佩卡想把硕大漏斗中的岩锥与岩谷都打磨得光滑而棱角分明，他想把一切可能存在的晶状体都凿入帕拉斯星。他的主要工具是那台能将岩石打磨得如镜般平滑的巨型抛光机。

佩卡最大的车间里装着他的研磨设施，他在那儿打磨出了巨大的钻石。

但佩卡犯了个错误，他想要的所有东西规模都过于庞大，结果他从来没能募集到足够的员工。

所以，在他的工坊里甚至一半还没做完的东西数不胜数。

如何将锥形的山峰改造成柱形或金字塔形，他拿出来的迷你模型只给人留下这样的印象。这些高山上立着许多尖锐、棱角分明的塔，塔上安装着钻石把手与悬饰在空中的木质壁带。

佩卡的首要目标是创造出一种韵律关系，他想借助色彩与钻石镶边奏出这种韵律。尤其是在将倾斜下落的岩壁分解为许多梯田形状的装置时，他取得了极大的成功，它们看起来就像是一排排长长的柱子。

佩卡的工坊里也有成千上万种不同的柱子，大多数都体积极小，不过也有高达百米的。在这个工坊里，人们很容易就能揣摩出佩卡想要什么，又能做成什么。

工坊非常狭窄，只有几处能达到半德国里宽。整个洞穴的长度只有2德国里，但各个地方的高度却几乎都有6德国里，所以在那儿到处都能看见正在施工中的梯田。那里自然也有大量往各个方向延伸的带状轨道，以及由钢丝绳组合成的运输轨道。

在带状轨道上，乘客可以选择慢速或是高速行驶，只要调整位于起始点的飞轮上的速度装置就可以改变行驶速度了。

列萨本迪欧调整着一条斜行带状轨道上的装置，好让自己极缓慢地沿着梯田向上驶去。

到了上方，他又与佩卡会合了。

洞穴中所有的电气火花与探照灯都明亮无比，光线映照在柱子与每一个光滑的表面上，由透明的脉岩研磨出的巨大钻石反射出炽烈的色彩，耀眼夺目地闪烁着。不少帕拉斯星人反复沿着柱子跳跃，借助他们的背翼抵达上一块或下一块梯田，工坊的梯田也因此呈现出一派欣欣向荣的景象。

如果不是每个帕拉斯星人都长着许多只手的话，这里大部分的工作都不可能完成。无论是特别粗糙还是特别精细的活都是如此，其中，后者主要依靠的是手指，帕拉斯星人可以像使用羽毛笔那样轻松地用手指书写。

现在，列萨本迪欧就用这样的手指在极其微小的笔记本上写字，本子挂在他脖子上的其他书旁边。佩卡坐在列萨本迪欧对面一块高2米，宽仅1.5米的蓝色钻石上，钻石表面到处都是经过精致打磨的小型平面以及尖锐的棱角。佩卡棕色身躯上的黄色斑点在钻石的映照下闪闪发亮。

做完笔记后，列萨本迪欧说："我想在北部漏斗顶部建造的钢筋铁塔毕竟还是需要一个规则的形状的。从某种程度上说，它与你那些尖塔形的钻石是有相似之处的。毫无疑间，从漏斗内壁的最高处伸向高空，并同时向漏斗开口处倾斜的头几根柱子必须打造得一模一样。在柱子上端连接的环必须不能是圆形的。柱尖与柱尖之间必须由一根笔直的横梁连接。第1层与上面的99层必须建得一样规则，越往上，柱子之间靠得就越近。同时，上面的柱子与下面的柱子必须在数量上保持一致，如果下层需要使用50根柱子，那上层也同样需要50根，只不过要打造得更纤细。如果用光滑的材料把所有高耸的柱子和横梁连接在一起，不就可以得到你一直梦寐以求的巨大钻石了吗？"

佩卡回答说："用一种既光滑又坚固的材料把这些钢筋连接在一起基本是不可能的。单是要造出那么多巨大的钢筋支架就够我们受的了。塔骨架的设计方案也必须推倒重来，因为我们并没有完成它的能力，更别说那些可有可无的装饰了。亲爱的列萨本迪欧，从形状上来说，你这座塔大概能算是一种结晶体，但是它缺乏晶体的本质，而这才是我真正关心的。你不能要求我在已经意识到自己多余的情况下，继续对你的计划充满热情。你不可能把这些柱子和横梁做得紧密结实，而对我来说，这种紧密性是不可或缺的。"

对话热热闹闹地继续进行着，但两人并没有得出满意的结论。

不过，从这里只需几次跳跃就能到达拉卜的巨大工坊。

只想用不规则的形状装饰帕拉斯星的拉卜与他的助手们一起住在那儿。拉卜对规则的事物完全不感兴趣，对他来说，不规则的东西要有趣千倍。不过，尽管佩卡和拉卜两人像是针尖对麦芒，但他们住的地方却只有一墙之隔。拉卜的工坊只有3德国里高，但是占地面积非常广阔。

此刻，列萨本迪欧与佩卡悬在天花板处俯瞰着拉卜不规则的工坊。工坊里堆满了无数布满气泡的岩石，色彩艳丽的人工根须旁边到处都能看见完全没有规律可循的岩柱、千奇百怪的搪瓷罩子，以及崎岖不平的珠母壁。

佩卡的不幸在于，帕拉斯星人总是说他的计划实现起来过于困难；这些人又经常对拉卜说，他的计划实现起来过于容易，因为适应各个地区的地形对他来说简直就是易如反掌。

拉卜飞到两个朋友身边，列萨本迪欧把他和佩卡说的话又重复了一遍。

拉卜说："我突然有个想法，我们应该去一趟索凡提那儿。"

从拉卜的工坊到索凡提的住所，要穿过许多造得毫无规则的吊顶。

三人从上方穿过吊顶，跳上一条带状轨道。他们恰巧看到索凡提站在一块巨大透明的薄膜前面，在供测试用的灯光设施后面忙着调试。他正在试验透明薄膜的透光效果。拉卜对索凡提说："你得帮列萨本迪欧在北部漏斗的那座塔铺一层巨型的薄膜，这样它硕大的骨架就能变得更结实，那我们就可以在北部漏斗上获得一片崭新的天空。外面的光最好要能透进这层膜。"

列萨本迪欧十分欣喜地笑了起来。索凡提也笑了，说："乐意之至。可是，材料够吗？很有可能根本没有那么多薄膜啊。眼下我剩的也不多。"

可是，只能在光滑的岩石表面才能找到索凡提那些像处理皮革那样加工的薄膜，而且从光滑的平面上揭下薄膜要容易得多。不过在帕拉斯星，像这样平滑的岩石表面显然是屈指可数。

"如果我们很多年前就开始把嶙峋的岩壁打磨成光滑的平面，那索凡提今天就可以揭下更多薄膜了。可是，这整个计划实在太宏伟，我们根本没有考虑它可行性的必要。这难道不是在浪费时间吗？"佩卡说得没错。

列萨本迪欧说："正是因为如此，你们没有把心思集中在一个无比简单又无比宏伟的计划上，才会感到如此厌倦。就算是可行性还远在天边，单是这种注意力就能让人充满新鲜感。你们这样是在虚度光阴。"

列萨本迪欧没有工坊。可大家都知道，他总是带着一个简单的计划四处奔走，所以他完全不需要工坊。

谈到帕拉斯星人的厌倦，列萨本迪欧说的也没错。帕拉斯星人经常因为厌倦而想去死。

帕拉斯星人去世的时候，身体会变得特别干燥，身边的人几乎可以看穿这层皮。正在死去的帕拉斯星人希望能有一个活着的人吸收他们的躯体。生者可以把垂死者吸收进自己的毛孔。不过，这个过程并没有那么简单。

前提是吸收者要对这一进程毫无异议。想被吸收的人会先礼貌地询问吸收的人是否愿意吸收自己，后者回答愿意之后，这个愿望通常会立刻被满足。

佩卡与三位友人一起坐在透明薄膜前面的时候，一名看起来已经几近透明的老人问他愿不愿意帮助一个垂死的人。这名命不久矣的老人身上的棕色特别浅，黄色的斑点已经全部消失了。佩卡立刻同意了。只有当天已经吸收过另一位死者的时候，帕拉斯星人才会拒绝这样的请求。

表示愿意接受垂死者的身体后，佩卡立刻展开了自己的全身——它足有50米高。老人的身体离佩卡10米。佩卡将毛孔完全打开，高度最多能达到5米。突然，他的身体迸出闪烁的荧光。老人身体上的各个部分都裂开了，并被佩卡的身体吸附过去。没过多久，临终者的肉体就消失在佩卡的毛孔中。

第五章

　　本章将会介绍帕拉斯星人吸收完垂死之人的身体后的感受与变化。佩卡就在这样的状态下与住在帕拉斯星外侧的比巴见了面。在那儿，两人观察了不少其他小行星，比巴热情洋溢地说起了列萨本迪欧的事。与此同时，在南部漏斗，列萨本迪欧的请求遭到了马内西的拒绝；不过，之后在北部漏斗，他找到了第一个干劲十足的朋友——戴克斯。戴克斯把所有的新发现都告诉了列萨本迪欧。本章的最后，一个帕拉斯星人将会出生。

　　一旦帕拉斯星人吸收了一个垂死者的躯体，他们的本质一般都会产生显著的变化。吸收者会继承死者的个性，他们的身体会变大，体内所有的器官都可以得到增益，所以，吸收了越多死者躯体的人获得的生命能量就越强。首先，受到死者之力的影响，吸收者至少在第一个夜晚完全不需要睡眠，也可以精神百倍地继续工作。此外，吸收者的进取心也会变得更强。

　　于是，在身心都得到丰盈之后，佩卡立刻前往比巴处。

比巴一直住在桶状星球的外侧，那儿的居民非常少。从白天开始就待在那儿的帕拉斯星人一般都与宇宙中的其他星球有来往。人们总可以从生活在星球外侧的居民那儿获得许多建议——尤其是在进一步改建帕拉斯星这方面。

如果不想在南北漏斗中以飞行或跳跃的方式穿行的话，那就只能乘坐在既狭窄又拥挤的隧道里运行的磁力滑橇前往星球外侧。

佩卡坐上一台磁力滑橇，以不算很快的速度穿过低矮狭窄、朦朦胧胧地闪着光的隧道。终点站上的磁石是在起点站时借助电力放置的，反之亦然。各个站点中停靠着大量在镜般光滑的水平轨道上缓缓滑行的滑橇。

抵达终点站后，佩卡张开翅膀，不断用吸盘足点地前行，来到比巴敞开的洞穴。抵达时，比巴正用望远镜般的眼睛观察着紫色天空中的绿色星星。

比巴高兴地与佩卡打了声招呼。两人立刻讨论起了列萨本迪欧在北部漏斗的那座塔。

比巴说："列萨本迪欧昨天还让我注意一对属于双星的小型行星。你往上面看看，这颗星星今天已经移动到非常接近帕拉斯星公转轨道的地方了——那儿上方是一个内部自行发光的漏斗，下方是一个球状星体，其极点位于左右两侧。该星球以极快的速度自转。极有可能的是，生活在漏斗外侧的生物根本不知道下面存在着这样一颗星球，因为漏斗的开口要比下面的球体大得多。由于漏斗的内部会发光，而外部一片黑暗，且到处都是褶皱，因此居民穿过漏斗内壁的可能性几乎可以说是不存在的。此外，漏斗底部的内壁是自下而上展开的，所以没有人能够向上攀缘。简而言之，我们帕拉斯星很有可能也是这样，因为我们的蛛网云看起来实在有些古怪。"

"你的意思是，"佩卡费了很大的劲才伸出他的望远镜眼睛，"帕拉斯星上面也可能有一颗球状星体？"

"为什么我们的上面就一定要是一颗球状星体呢？"比巴接着说，"我们已经观察到多少复杂的星体系统了？你想象一下，亲爱的佩卡，我们已经发现了超过一万颗与帕拉斯星一起围绕着中央的太阳旋转的小行星！超过半数的小行星都是由数颗星体组成的。你看，那颗以惊人的稳定性自转着，又与我们一样绕着中央的太阳旋转的巨大行星，它的左上方有一颗由7个部分组成的小行星，它们同时绕着位于中心点那道不断自旋着的圆环旋转。14天前，这颗拥有8个组成部分的小行星成了那颗巨大行星的卫星。我们也有可能成为其他行星的卫星，地球人把那颗行星称为木星。木星已经将许多小行星拖到它的轨道上了。可怕的是，大多数小行星都会被太阳系中的其他行星吸引到各自的轨道上去。有时候，就连地球也会对我们产生引力。"

"那么，"佩卡好奇地问道，"在我们北部漏斗上面的究竟是什么呢？你对此有没有什么猜想？"

比巴说："可能有几百颗陨石高高地在我们的北部漏斗上面旋转，它们的轨道直径可能还不超过50德国里。我们都知道，宇宙中到处都是陨石，而好多小行星似乎正与它们难舍难分。我们几乎不可能确认这些陨石的数量，我们的视力并没有那么好，有些陨石的直径只有5米——这点我们还是知道的。是否有比它更小的陨石，我们就不知道了。不过，正如我前面所说，在我们的蛛网云上面，简直什么事情都会发生。所以列萨本迪欧才要把塔建到100德国里那么高……"

"不好意思，我打断一下，"佩卡着急地喊出了声，"从我们北部漏斗的边缘到南部漏斗的边缘一共才40德国里。要是我们能建出100德国里的高塔，那我们的整个星球就……"

比巴笑着回答道："塔建成了之后会发生什么，我们现在还不知道。一切只有建完之后才能见分晓。再说，要是这件事会对我们造成损害的话，各式各样的原因都会迫使我们放弃这座塔的。不过，像这样的巨塔哪怕只是向上提升3米，对我们星球来说也是一种珍贵的提升与加冕。我不明白为什么我们不该实施列萨本迪欧的计划。"

"那么，"佩卡一边悲伤地把头向前垂去，一边说道，"所有其他纯艺术的设计一定都毫无用武之地了。"

"不，"比巴说，"这座巨大的塔或许很快就可以开工了。谁都不知道戴克斯在接下来的几天里能发现多少卡迪蒙钢。而且，列萨本迪欧不知疲倦的个性能让他远离一切放荡不羁的娱乐活动。他本身就不是纵情声色、贪图享乐的那种人，他有能力全心全意地投身于一个伟大的计划。"

佩卡有些厌倦了，说道："可是艺术性对他来说也不是特别重要，这才是他能够集中心力的原因。"

"他当然知道，"比巴答道，"他知道自己只有个性特别出众。不过我问你，这难道不也已经非常了不起了吗?"

与此同时，列萨本迪欧正坐在马内西身旁，两人正谈论钢塔的事情。

列萨本迪欧说："到了星球外部之后，我们很有可能会进入蛛网云，它一定会灼伤我们的皮肤。但是，如果我们用巨大的气囊或者类似的东西遮在皮肤上，蛛网云就不会对我们造成任何伤害。因此，我们就可以登上塔顶，轻松地穿过笼罩在上空的蛛网云，到顶端一探究竟。我们终于可以知道，在头顶上掌控着我们星球一切可能性的到底是什么东西了。"

"所以，"马内西回答道，"你的塔实际上只是为了探查而建，而非为了对星球进行艺术上的美化。那我十分明确地告诉你，我不会帮你的。我很乐意帮助每一个帕拉斯星人，但我实在分身乏术。我的攀缘植物不需要这座塔。我可以在南部漏斗种植大量的攀缘植物，你知道的，列萨本迪欧。"

在这番激烈的对话后，列萨本迪欧同马内西道别。

不过，告别的时候，列萨本迪欧说："但是，你的攀缘植物在北方空旷的天空中看起来一定特别精致，也特别有艺术感，就像那样纤纤长长地挂着，好吧，再见了！"

然后，这个痴迷于高塔的帕拉斯星人搭乘最快的绳轨缆车一路向上，来到北部漏斗的边缘——戴克斯挖掘卡迪蒙钢的地方。戴克斯兴奋不已地展开背翼向列萨本迪欧的方向飞去，还没等飞到他的身边，戴克斯就已经高声喊道："巨大发现！巨大发现！"

等到两人一起坐下的时候，戴克斯说："我的猜测已经成了事实。现在能从帕拉斯星内部开采出卡迪蒙钢的采掘点有3个，这你大概都知道，3个点都在我们北部漏斗的边缘。现在我要告诉你的是，我偷偷地用磁力强劲的磁石在北部漏斗边缘的不同地点做了实验，凡是发现了卡迪蒙钢的地方不只存在着独特的强大力场，还存在着一系列其他显著的特征。最近，借助我的磁力实验，我偶然地又发现了4个新的卡迪蒙钢矿点。自然，我马上就让我所有的朋友用磁石搜遍了北部漏斗的边缘。我希望我们能再找到50个卡迪蒙钢矿点。这样，我们就可以迅速地将材料运到塔那儿，并在接下来的几天内开始施工。"

"等等！"列萨本迪欧惊呼，"这甚至超出了我最大胆的预想！"

"哦，"戴克斯接着说，"我还要告诉你，我有理由相信这些美妙的钢材是均匀分布的。因此，我们很有可能都不需要吃力地搬运钢材，就可以立刻在发现钢材的地方安装上第一批50根钢柱。"

列萨本迪欧的脸上出现了千条褶皱，每一条都在发光；他全身上下的黄色斑点也发出星点的亮光，就连身体上棕色的部分都运动了起来。列萨本迪欧实在太高兴了。

他轻声说："事实上，这已经超出了我所有的期待。"

"所以，我当然会和我所有的朋友一起帮忙建你的塔。可是我们人实在不多。除了我，你还找到谁了？"戴克斯问。

列萨本迪欧回答道："实际上，我谁都没找到——要不他们就只是嘴上答应，但也没说好要做什么。早上的时候，索凡提还对我的计划表示感兴趣。不过，你懂的，一切都还要从长计议。"

戴克斯犹豫了一会儿，说："我们还必须去找一些其他东西，你知道是什么吗？"

"不。"列萨本迪欧轻声答道。他仔细地端详着戴克斯带着黄色斑点的棕色皮肤，在皮肤的左右两侧，紫色的天空中闪耀着绿色的星星。在北部漏斗的顶端，四处都环绕着白色的山岳，下面立着许多蓝色与灰色的山。

接着，两人都抬起头，看着在北部的天空中闪耀的云，他们都知道，那是由所谓的蛛网云聚集而成的。两个人都叹了口气。

戴克斯说："我们还一直无法近距离检视这种织物状的云，这也太奇怪了，我们根本没有办法靠近它。我们长着斑点的皮肤在离它5米开外的地方就已经被它灼伤。要是我们使用气囊保护自己，那它就伤不到我们，但是，它会越飘越远。我们只需要把手臂伸出气囊就能碰到它，可是一旦我们这么做，我们的皮肤立即又会被烧伤。所以，我们从来没能接触到这些云，我们也不知道是谁，又是为什么要编织出它们。"

"为什么你要和我说这个？"列萨本迪欧问道，"这些我都知道。你明明知道我知道。而且你知道每一个帕拉斯星人都知道。你到底想告诉我什么？"

"呃！我只是想说，蛛网云只是我们星球上的一个秘密而已。我们的秘密还有很多。比如，在我们星球的铅矿矿脉中找到的那些巨型坚果里隐藏的秘密就更多。"戴克斯说。

"原来是这样！"列萨本迪欧恍然大悟道，"你的意思是，我们应该去找更多像这样的坚果是吧?"

"没错,"戴克斯说,"这样我们就有足够多的劳动力了。"

这些坚果有着极为特别的属性:里面藏着未来的帕拉斯星人。

无论是要扩大还是缩减帕拉斯星人这个族群,完全是由仍旧生活在星球上的帕拉斯星人决定的。如果他们想要扩充人口,只要把在铅矿矿脉中找到的坚果砸开就行了。每个坚果中都会跳出一个新生的帕拉斯星人。

拉卜负责寻找这些巨大的坚果。两个塔迷朋友都已经拜访过他,想知道是否能在什么地方找到一大批坚果。

马内西负责喂养刚从坚果中蹦出来的帕拉斯星人,他通晓一切植物的知识。

在北部漏斗顶端一个空旷的白色岩洞中,两个塔迷找到了拉卜——他正和六个朋友站在一起,每个人手里都握着一把沉重的长柄铅锤。

七个人用力地将锤子砸向坚果,一声脆响后,七个人跳回了原地。

坚果突然炸开,它的壳飞落在一边,一个年幼的帕拉斯星人像一枚火箭般从果壳中射了出来,这孩子用他全部的手指使劲地揉搓着自己的脸蛋,尤其是眼睛。

第六章

本章首先讲述了刚从坚果里蹦出来的帕拉斯星人是如何叙述自己在果壳中的生活的。接着，列萨本迪欧与戴克斯一起去了拉卜最小的车间，询问他有没有方法找到众所周知的坚果。两个塔迷朋友在两天内为拉卜找到了新的劳动力。后来，两人前往马内西处，马内西应该知道他是否能为新生的帕拉斯星人生产足够的蘑菇与霉菌。马内西的说明相当令人满意，虽说一开始有些悲伤，不过到了最后总算是皆大欢喜。他还向两人展示了他全新的人造太阳。

需要好几天才能长得与成年人一样大的新生帕拉斯星人揉了好一会儿眼睛，接着开始尝试说话了，他费劲地张口道："邦比姆巴里扎帕组里阿斯阿斯！"

然后，年长的帕拉斯星人与新生的帕拉斯星人交谈，向这孩子说明他现在正在帕拉斯星上，所以他应该说帕拉斯语，不该说那些没有一个帕拉斯星人能听懂的语言——他肯定会说帕拉斯语，不应该假装自己不会。

小家伙仔细地聆听了一会儿，把头皮像伞般竖了起来，慢慢地说起话来："我能听明白你在说什么，但你们得给我点时间。我之前一直在另一个世界里。我要是能说给你们听就好了！我能听懂你们说的话。"

然后这孩子又开始揉起眼睛来，并把它们伸得和望远镜那么长，十分惊奇地环顾着四周。

所有刚从坚果里蹦出来的小帕拉斯星人大概都是像他这样的。令人意外的是，他们在出生后的几个小时里就能听懂、学会帕拉斯语，只不过最初可能有点慢，有些说法他们一下子想不起来，需要别人提醒一下才行。

列萨本迪欧、戴克斯、拉卜以及其他几个帕拉斯星人正听着小家伙说话，根据他发出的头几个音把他命名为邦比姆巴。所有帕拉斯星人的名字都是这么来的。

邦比姆巴缓缓地说道："最近的一段日子里，我感觉自己与几百万个有我头皮那么大的絮状物体一起飞翔在温暖的空气中。这些絮状物体与我说话，就如同现在你们和我，我和你们说话一样。它们与我说了很长时间的话，但我看不清它们长什么样子。我只能听见、感受到它们。但我们看到了很大很大的星星，它们的无数只手臂从各个方向伸出来，上面还长着许多细长的手指。我们的手指也长这样——你看我的也是。"

小家伙看了看他纤细的手指，又看了看其他粗糙有力的手指，微笑道："那些星星就没有这样粗糙的手指。不过，那些像头皮一样的生物告诉了我无数有关大小星星的事情。我也听说了很多关于帕拉斯星的事情，还有在帕拉斯星上说的语言，它们教会了我这种语言。但是，我也见到了很多它们没有告诉过我的东西，比如巨型的火焰和里面极度摇摆不定的东西——它们向四处飞溅的时候发出可怕的咔咔声，然后它们又重新合在一起，像一片柔软灵活的薄膜。那儿也有有颜色的东西，但是那种颜色和我们在这里看到的完全不一样。我耳朵听到的话和你们与我现在说的话也完全不一样。我飘在很边缘的地方，从极为遥远的地方发出的一切声音我都听得一清二楚。但我无法描述这种声音，不知道该用什么词形容它们。头皮状的生物很快就消失了，我再也听不到它们说话了。接着，又传来了那种可怕的咔咔声，好多东西在一瞬间粉碎。碎掉的部分穿出了这个空间。然后我感觉有什么东西刺入了我的身体，我飞得很高。再然后我就看到你们了。"

年长的帕拉斯星人解释说，这就是他破壳而出的全过程。小家伙笑了起来，把自己缩得很小，迅速地升入了高高的紫色天空中。

新生的帕拉斯星人说的头几句话都会被记录下来。每个刚降生的孩子讲的第一个故事都和其他孩子完全不一样。

许多帕拉斯星人只关注孩子们的第一个故事，这对了解帕拉斯星人的本质大有帮助。然而，随之而来的是无数个未解之谜。每个新生儿学会帕拉斯语的方式都不同，而且，所有人对锤子打破坚果的声音的描述也都不一样。

然后，孩子们会描述他们之前生活的环境，年长的听众们总会有种感觉，好像每个小家伙都是从完全不同的地方来的。在长长的管道里度过了无穷无尽的时光的孩子讲的全都是管子里能看到的东西。有个孩子只知道云摸起来是潮潮的，还有个孩子说起跳动的火焰，可从来没有人在帕拉斯星见过它，他可能是在别的星球上看到的。还有许多孩子称自己之前生活在水体中，然而这在帕拉斯星也是不可能看到的——只有在观察了一些在帕拉斯星附近，又与之完全不同的小行星之后，帕拉斯星人才了解到大量的水是怎样的概念。

列萨本迪欧和戴克斯请求拉卜对这些人尽皆知的坚果进行更深层次的研究。

拉卜把两人带到了他最小的工坊。他有10间工坊，5间在北部漏斗的壁内，5间在南部漏斗的壁内。

最小的那间工坊坐落于北部漏斗，长仅数米，宽度及高度都只有四分之一德国里。

但这是拉卜最重要的工作室。他在这里把新发现的液体混合在一起。

但是，帕拉斯星是一颗非常坚固且坚硬的干燥星球，液态物质的输送在这颗星球上是个大难题。所以，与用来生产液体的硕大无比的仪器相比，这儿液体的总量简直少得令人大为震惊。

在这些仪器里，只有电力、磁力及其他与这两种力紧密相关的其他力才能起作用。由于大气的特殊性质，在其他星球的发展中造成极大干扰的闪耀火焰无法在帕拉斯星上生成。

两人问拉卜，他有没有什么新方法能用于探查那些众所周知的坚果。

拉卜说了这么一段话："我们的帕拉斯星非常坚硬，我们很难接触到它坚硬的肢体。在其他小行星上，有硬皮的生物有时候很容易就能够进入它们星球肢体的内部——尤其是在能够产生火焰的星球上。但它们的星球无法生成这样明亮、自由、跳动的火焰，我们大气的组成阻碍了这一点。最糟糕的是，因为没有火，我们也无法制造炸药。我们大概可以让一切发光发亮，可就是没有明火。所以，要进入一个新的空间时，我们无法轻易毁掉挡在面前的一切。"

戴克斯评论道："无法毁灭任何东西也是我们的优点之一。我们理应对自己的星球予以最高的尊重，它并没有允许我们摧毁它肢体中的任何东西。即便我们能够这么做，我们也必须得考虑到，有些肢体可能还没形成独立、完整的形态。"

列萨本迪欧在空中激烈地来回摇晃他右手的手指，不耐烦地说："我们现在已经偏题了吧。我想拉卜只想告诉我们迄今为止，他是否找到了更多的坚果。"

拉卜用右侧的所有手臂指着他众多的大型机器及设备，悠悠地说道："要是你们知道我这几天工作得有多辛苦，现在就不会那么不耐烦了。没错，我成功地调配出了85种不同的液体，其中有一种能与帕拉斯星上的铅产生反应。要是我可以生产更多这样的液体，那我就可以确认所有的漏斗内壁，看看可不可以碰巧在后面发现铅矿矿脉。"

"这可太好了！"列萨本迪欧喊道。

此时，拉卜微笑着说："而且我现在已经知道，平时看起来一直呈红色的液体，在某种情况下会产生蓝色的絮状沉淀——"

"你倒是说下去啊！"列萨本迪欧高喊。

"我正要说呢，"拉卜微笑道，"你得先改改你这不耐烦的毛病。"

于是，三个人都微微一笑。短暂的沉默后，拉卜接着说："如果出现了蓝色的絮状沉淀，说明铅中间一定有坚果。我现在很确定，因为试了三次，三次结果都是如此，而且它准确的次数还会更多，它肯定一直会是准确的。"

列萨本迪欧和戴克斯把身体高高耸起，向拉卜表示祝贺。然后两人告诉拉卜，为了在建造北部漏斗的巨塔时拥有更多劳动力，必须找到更多坚果。

拉卜满怀激情地高喊道："我们得慢慢来。我先要再生产一升半的新液体。帮我找点工人来，这样我就能生产更多液体。只有一升半东西可成不了什么事。"

然后，他为两人解释了新仪器是如何运作的。在接下来的两日两夜里，戴克斯和列萨本迪欧拜托了许多帕拉斯星人前往拉卜的实验室，并在这些仪器前工作。

完成了这一使命后，两个塔迷朋友前去拜访马内西。

在帕拉斯星上，只有马内西有权决定人们是否可以找到并砸碎更多的坚果，反之亦然。

如果马内西能够将蘑菇与霉菌的数量翻10倍，那可养活的帕拉斯星人亦可翻10倍。如果这些有营养的菌群只能扩充5倍，那能居住在帕拉斯星上的人也只能是原来的5倍。

马内西以一席非常悲伤的话语迎接了列萨本迪欧和戴克斯。

"是的，"他说，"我已经知道你们为什么来找我了。我理应帮助你们，我当然也想帮助你们。我们之间总是互帮互助，所有帕拉斯星人都是这样。要是我不想帮你们的话，我可能就算不上是真正的帕拉斯星人。可是，如果我帮助了你们，我就亲手毁了自己最重要的计划。这肯定不是你们想要的。你们得考虑考虑我最宝贵的东西。"

自然，列萨本迪欧和戴克斯保证他们绝对不想破坏马内西最重要的计划。可马内西并未因此平静下来。

三个人坐在马内西最大的工坊里。马内西有20个工坊，最大的一个位于南部漏斗环形山的深处。工坊里可以看到许多从前没见过的植物。它们本该长出花朵的地方并非都长着圆形的气球，有些气球是扁扁的圆盘形的，它们的边缘上还长着长长的尖刺。

马内西随时都可以向气球内部充入一种人造的物质，让里面发出缤纷多彩、闪耀颤动的磷光。

只有在夜晚时分，马内西才可以在外面的漏斗生产这种人造物质——生产时需要源自四面八方的、极为微弱的光亮。

马内西说："我可以用其他人工的方式极大地刺激蘑菇与霉菌的生长，比如说使用一个巨型光源！这样的话，我就能让气球花不只在夜晚生长，在白天，它们也一样可以生长——只要用特别微弱的光线照射就可以了。另外，我也可以让蘑菇与霉菌在夜里生长，但要用到一种特别明亮的光。"

"那真是太棒了！"列萨本迪欧喊道，"那我们就可以在所有的岩洞与工坊里种植蘑菇与霉菌了，这样我们的人口可以足足增长20倍！"

"我知道你们是怎么样的人，"马内西说，"要是你们在整个星球种满了蘑菇与霉菌，那我们的星球真的会变得无聊至极。为了你们的巨塔，你们不惜破坏整个星球的艺术成就。那我该把我最新的气球植物放到哪儿去？"

"放到我们的塔里去啊！"列萨本迪欧猛地叫道，一边又高高地抻起了身子。

马内西突然意味深长地朝远方望去，笑着喊道："这倒是可行，它们反正都是攀缘植物。"

然后，马内西把两个塔迷朋友带去他的光穴，一下子打开了放在那儿的、所有崭新的人工太阳灯。

列萨本迪欧和戴克斯立刻合上了头皮。人工太阳灯的光线混合在一起。

第七章

　　列萨本迪欧去了比巴处，比巴谈到了不少与专注力及丰饶有关的事情。然后，比巴出版了一些介绍双星性质的书籍。星球上找到了许多坚果，马内西种出了许多新的蘑菇与霉菌。可在北部漏斗建塔的计划并未因此更进一步，因为帕拉斯星人认为这个计划太过冒险。大气的厚度尤其遭到质疑。为了观察大气的厚度，列萨本迪欧与比巴一起从南部漏斗出发，前往南部的大气层。

　　列萨本迪欧发觉马内西已经在为新生的帕拉斯星人准备食物后，他松了口气。

　　"一切都会比我们想象的更好！"戴克斯说。

　　此时，列萨本迪欧说，他想一个人待一会儿。然后他向外一跃，跃入南部漏斗环形山中的下一条磁轨圈，搭乘磁片离开了。

　　不过，孤身一人的日子他没有撑多久。

　　他又去见了比巴。比巴在星球外侧的岩洞外面兴高采烈地与他打招呼。

接着，比巴极为急切地道："看到你来我很高兴。我想，我好像发现我们星系最主要的运行规律了。我觉得，许多星球绕着另一个更大的星球——我们的太阳——旋转及移动并不是一件偶然的事。我觉得，所有行星对更庞大的事物，对我们的太阳献上的崇拜于我们而言是有示范意义的。所有帕拉斯星人也都应该崇拜更庞大的东西，就好像其他星球总是依附于更庞大的东西一样。至于我们去哪儿寻找更庞大的东西就是另外一个问题了，我相信你立马就能够说出答案。"

比巴没有说下去，抽起了气泡香草。无数的小气泡在他尖尖的嘴唇间飞舞，它们慢慢地越变越大，在岩洞中回旋、闪耀。

列萨本迪欧说："我们当然要去北部漏斗顶端，到层层蛛网云的后面寻找这个更庞大的东西。"

比巴答："我就知道你会这么回答，所以你来的时候我非常高兴。不过，更重要的是，人们能借此认识到更庞大事物的重要性。一直以来被我们称为'专注'的那个概念，到头来也只是对更庞大事物的崇拜而已。如果想要获得内心的平静，我们必须依附于更庞大的东西，必须将自己完全献身于更庞大的东西。而且，我总觉得，我们可以在其中找到最终的启迪。我相信，我们的星球上到处都是对更庞大事物的钟爱。只有这样，围绕着巨大的太阳不停地旋转才是有意义的。自然，我们在不同的地方都可以找到更庞大的东西。你在北部漏斗的云上找到了它；我在我们巨大的太阳中找到了它；而巨大的太阳在更加巨大的太阳中找到了它。小行星的构造方式多种多样，就双星组成的系统来说，总有一部分要更大一些——你也可以把它看成是一种类似于头部的系统。不管怎么说，我在任何地方都能见到隶属于更庞大事物的系统，而且我们也应该在这种隶属关系中找到各自的救赎，因为它真的能使我们的内心获得平静。如果我们把自身当作顶点，那我们将永远待在某个尽头，在这个无限的世界中，这并不是一件美好的事情。为了不断前进，你必须不断地去屈服——是的，就像你必须一次又一次地让自己最好的思想折服于更伟大的头脑，而非同样默默无闻的头脑一样。如果你不这么做，你就会厌倦，变得疲乏无力。之所以许多帕拉斯星人会变成这样，正是因为他们坚持只用自己的方式继续建设帕拉斯星，而拒绝接受更高等星球的思维方式。所以我认为，要是帕拉斯星人从现在开始关注你在北部漏斗边缘的巨塔的话，那会为我们所有人带来极大的好处。你对我这种解释是否感到满意？"

列萨本迪欧高兴极了。

他轻声说："我应该去听一些让自己的听觉系统更感舒

适的东西。星球中枢里的索凡提乐章就非常合我心意。是啊，我当然相信，我们星系最深奥的秘密也蕴藏在这种对更庞大事物的隶属关系中。就比如说我，如果我一直只把眼光放在自己身上，我会觉得自己真的非常不幸，可一旦想到那些比我们掌握了更多知识的、更伟大的不知名者时，我的内心就充满了宁静——即便我们都不知道他是谁，他依然会把我们引领到我们应该去的地方。向更伟大者趋近成了我的第二天性，我甚至无从选择。我觉得，虽然我看不见他，可他就在我的身边。而且我相信，要是我们能从上面穿过蛛网云的话，我们就会更加了解他。专注力无疑只是为更伟大的计划或思想而服务的。所以我现在除了我的巨塔什么都不考虑。戴克斯、拉卜和马内西都站在我这边，再加上你的话，我们现在就有五个人了。"

比巴说："在其他星球上，即便表现方式千变万化，但最终的主旨只有一个，只有奉献自己，我们才能与自己的一生和解。在某些星球上，每一秒都有数百万的生物正在死去，这种大规模的死亡仅仅是为了让幸存下来的生物见证一场浩大的献身。在另一些星球上，这种奉献被命名为宗教。毋庸置疑的是，我们的面前永远都有比我们更伟大的东西，只有这样，我们才能了解宇宙的宏伟壮阔。要是我们轻而易举地就能登上更高处，我们就无法认识到宇宙的广博与磅礴。我们一定会不断地遭遇挫折，甚至有时会遇到生命威胁，可只有这样我们才能意识到宇宙是多么巨大，我们永远都无法将它量化。是的，我确实相信我们无法忍受在太阳上生活，我们还远远没有准备好。我们绝对不能在与我们帕拉斯星差不多的星球中间寻找更伟大的东西，但也不能在离我们太远的地方寻找，比如说太阳就可能离我们太远了。"

"所以，"列萨本迪欧答道，"我们才要建塔，我们才更要知道帕拉斯星上方究竟是什么。我们能不能谈论帕拉斯星的头部系统？小行星之间存不存在类似的系统？我们能不能积极地让所有帕拉斯星人对这些类似的系统有所认识？这样，他们渐渐就会对北部漏斗上的巨塔生出一种普遍的热情。"

比巴什么都没说，只让列萨本迪欧与他一起去一个地方。两人搭上下一班磁轨，借助磁片驶向星球中点，接着，他们又在中点处搭乘前往另一个方向的带状轨道。穿过其中一个隧道（钢索在那儿剧烈地水平摇晃）后，他们到达了帕拉斯星的另一端。比巴在此处安装了极其庞大的摄影设备，里面装着用来拍摄整片天空的巨大玻璃透镜。比巴向列萨本迪欧展示了所有构成双重系统的小行星，其中甚至还有一个头部系统是由100颗极其复杂的小星球组成的。在其他的头部系统里，稀薄的光线与大气般的云团起着重大的作用。

比巴在三天内仔细查看了不少于3000张包含双星系统的照片。然后，他决定出版几本关于双星系统的小书，借此说明帕拉斯星也是双星，并厘清蛛网云不可能是漏斗星球帕拉斯的头部系统这个事实，因为在3000颗双星中至今都没有发现类似的云层系统。所以，帕拉斯星的头部系统一定位于蛛网云的上方。

比巴用影印的方法制作的小书很快就挂在了所有帕拉斯星人的项链上。从这些书中，每个人都清楚地知道，列萨本迪欧这个建塔的计划不能再拖延了。

在此期间，拉卜发现了大量可敲碎的坚果；马内西培植出了200种全新的菌物，其中大多数都种在帕拉斯星的洞窟中。这样一来，即便新破壳而出的帕拉斯星人再多，食物也不会短缺。

同时，戴克斯指出，卡迪蒙钢的存量超乎想象。

人们都以为列萨本迪欧的塔很快就能建起来了。

可事实并非如此。

大量帕拉斯星人聚集在北部漏斗的顶端，谈论着这座塔——他们很快就宣称整个计划是无法实现的。

列萨本迪欧徒劳无功地解释着"专注"的重要性，可大多数帕拉斯星人依然认为这种以集中之力建造出的塔会扼杀一切艺术发展。有人认为，像这样机械化的做法一定会使帕拉斯星人的精神变得愚钝，而且整个过程中都没有采取足够谨慎的措施。还有人宣称，顶部的钢筋结构可能会把整个星球移至另一个位置。此外，也有人质疑北部漏斗上的大气远远不止3德国里，而一座努瑟塔的高度只有1德国里。因此他们说，要考察高高在上的大气，必须先从努瑟塔的顶端起步。可这不可能成功，爬到那个高度并不是一件易事。

每一个帕拉斯星人都是热心肠，总是做好了帮助他人的准备，可他们也都非常小心谨慎，欠考虑的事他们是绝对不会去做的。

18天（即地球上的一年半）后，列萨本迪欧再次拜访比巴的时候，两人起初都非常伤心。

"糟糕的是大家对大气厚度的怀疑，"比巴指出，"我个人不相信，在南北部漏斗上方的大气会超过10德国里。要是我们生活在另一个星球上，我们就能轻而易举地判断出帕拉斯星大气层的厚度，因为我们只能看到其他星球的大气层，而非我们自己的。你觉得，我们可不可以借助南部漏斗下面的磁轨把自己发射出去？"

"你的意思是，"列萨本迪欧答道，"我们应该把位于最外部的绳索拉到中间，然后再松开，我们就能以极快的初速度飞向南部漏斗以南的外太空。我同意。"

几个小时后，他们就来到了距南部漏斗下方5德国里的大气层，两人利用紧紧贴在背上的翅膀浮游在空中。他们用一根不是特别长的绳索将彼此绑在一起，这样，两人在空中旅行时也能够轻松地交谈。

紫色的天空变得更紫了，绿色的星星闪耀着，绿色的太阳也在发光。一颗绿色的彗星拖着四千万德国里长的尾巴在不远处划过，似乎穿过了半片天际，一直向巨大的绿太阳飞去。

"你知道吗？"比巴开口道，"那个被地球人叫作木星的巨大星球又从内部'喷出'了一颗小星体。"

列萨本迪欧对此仍一无所知，他等着听比巴怎么解释这种"喷发"。

与此同时，两个人还舒舒服服地抽着他们的气泡香草，所有帕拉斯星人右侧的手臂上都长着这样的香草。

两人长长的、蝾螈般的身体闪闪发亮。他们尽可能地把身体伸展至最长（长度达50米），身上没有一处弯曲的地方，看起来就像两根很长的棒子。

比巴如此解释木星的"喷发"："毫无疑问，数百万年前，帕拉斯星也极有可能从南部漏斗处喷发出不少星星，不然，我们星球的漏斗形状就解释不通了。但我怀疑的是，是否也有星星从北部漏斗喷出，蛛网云的存在实在可疑。不过，我们不该过多思考星星的过去，毕竟我们也无法得出确切的结果。顺便说一下，我发现空气越来越稀薄了。"

　　根据出发前挂在他们项链上的测量仪显示的数据，他们距离南部漏斗只有8德国里。

第八章

在进行太空考察时，比巴与列萨本迪欧被另一个天体的引力吸了过去。他们安然无恙地降落在该天体上，并和一种非常小的生物成了朋友。后者使用特殊的放大工具为他们展示了帕拉斯星的头部系统。两人成功地说服了10个小生物与他们一起返回帕拉斯星。在长时间的飞行后，一行人终于顺利地回到了帕拉斯星。只不过，比巴身上受了点伤。

过了一会儿，比巴说："我觉得越来越稀薄的空气现在算不得什么大事。我一直注意着我身上的测量仪器，我们正在以很快的速度离开我们的帕拉斯星。要是一切顺利的话，我们的飞行速度应该会下降。也就是说，我们正在被一个我从没见过的天体吸引。"

列萨本迪欧喊道："这太可怕了，我们得想办法解决这个问题。"

"恐怕我们什么都做不了。"比巴答道。

他们飞快地掉过头去，把身体缩回到1.5米那么短，把吸盘足张开成圆盘状，然后再往头的方向将身子张开50米，努力地朝帕拉斯星的方向游去。接着，他们又展开双翼，把身体凑到一起。他们一言不发地奋力尝试了好几个小时。帕拉斯星夜晚的花火已经亮了起来，整颗星球仿佛一只萤火虫。

可是，他们并没能靠近这只萤火虫。未知天体的引力大于帕拉斯星的引力。一切努力都白费了。列萨本迪欧不安地颤抖着。

"我的塔在哪儿?"他悲戚地问道。

"还是最好先问问我们自己在哪儿吧。"比巴回答。

两个人到现在还没看到这颗吸引着他们的天体。比巴笑着说:"叫我说，我们几乎是被一个我们看不见的东西吸过来了。"

可列萨本迪欧说:"我倒觉得，是我们高估了自己的眼睛。我们早就应该多准备一些放大镜的。我实际上很不理解为什么我们只把它用在摄影器材上。我们的处境真让人绝望。"

比巴喊道:"我们现在可没有绝望的时间。话说回来，只把放大镜用在摄影器材上确实让人费解。我们着实高估了自己的眼睛。"

两人整整沉默了好几个小时后，列萨本迪欧终于开口道:"我的测量仪显示，我们离帕拉斯星已有12德国里远，不过大气却没有变得更薄，反而更厚了。所以我们可以假设，我们现在已经是在另一个天体的大气中了。"

"而且，"比巴轻声说，"我已经能看到一点那颗星星的模样了——你看上面。"

列萨本迪欧顺着比巴手指的方向看去，两人都看见紫色的天空中闪耀着一个柔和而明亮的轮廓——一颗宛若幽灵的星星。

这颗幽灵般的星球离他们越来越近，他们不再试着花力气远离它了。

那是一颗由水母般透明的材质构成的星球。可是它实际上没有一个地方是透明的。它的内核甚至显现出了他们从未见过的、鲜亮的殷红色与橙色。

透明星球的直径约1000米，彩色的核心看起来面积不算很大。

到了离它很近的地方，两人才看见，那个水母般透明的遮盖层是由许多节翅膀状的物质组成的，之间还缀着橙色的草带，正中央闪耀着殷红的斑点，仿佛一只只灼热的眼睛。

两个帕拉斯星人飘浮在透明的翅膀旁边，小心翼翼地用他们的吸盘足触碰着橙色的草地。

比巴立刻就指出草地上生长的是菌类，是帕拉斯星人上佳的食物。

"让我们在这橙色的菌类植物上躺下吧，"比巴十分愉快地说，"我们得先养精蓄锐。我们的身体需要睡眠与食物。"

列萨本迪欧颤抖着，不停地喃喃自语道："我的塔！我的塔！"

比巴安慰他说："我们现在还看不见帕拉斯星，因为那儿已经是晚上了。蛛网云笼罩了我们的整颗星球。等它们重新回到北部漏斗上面，我们就可以看到我们星球的全貌了，就连云上面是什么都能看到。"

"你真这么觉得？"列萨本迪欧问。

"是的，"比巴不耐烦地回答道，"我真的是这么觉得的。前提是你得先别再颤抖了，好好地去睡觉。"

于是，两个帕拉斯星人都叼上了气泡香草，让彩色的泡沫盘旋在空中。他们看着气球般的皮囊从身体的两侧升起，并在上方闭合。

然后他俩很快就睡着了。

他们在橙色的草原上进入深棕色的气囊后，还没安静多久，周围便热闹了起来。几千个小小的、拳头大的圆球滚了过来。从同样水母般透明的圆球中钻出了许多瓷釉般的小脑袋，脑袋上长着触须般的长眼睛，尖端呈红色。他们的眼睛收缩自如，就好像帕拉斯星人望远镜般的眼睛一样。这些小型球状生物的鼻子和嘴巴像复杂的小象鼻子，也像鸟喙。这些小家伙们能用这只喙讲一种极为响亮的语言。

小家伙们个个聪明伶俐。他们可以把自己星球上巨大的水母形状的翅膀的骨状部分用作望远镜；还能将状似水母的翅翼表面像伞一样撑开，形成一种特殊的视觉效果，能放大周遭的宇宙空间。

所以，在两个帕拉斯星人根本还没有注意到这颗不透明星球的大部分疆域的时候，小家伙们早就发现了他们。小家伙们首先检视了熟睡者的气囊，在上面切出了一些小洞。他们通过这些洞仔细观察着不速之客，对布满黄色斑点的深棕色橡胶皮肤啧啧称奇。两人厚厚的眼皮，宛如被刀削过一般尖锐的鼻子，精细的嘴巴，脸上的条条皱纹，以及隆起的巨大头皮也叫他们惊叹不已——自然，脖子上挂着的小书和测量仪也不例外。小家伙们立刻就认出了测量仪，可对于书，他们各执一词。有些人认为那是食物，有些人觉得那是类似空气调节设备一类的东西。

帕拉斯星人醒来后，就像在自己的星球上一样，用指甲切开紧贴在皮肤上的厚厚气囊，以为它也一样会被气泡香草制造出的气泡带入晨风。可这并没有发生，无数个球状的小人压在气囊上，让它无法升上天空。

比巴即刻就发现了这件新奇事，马上告诉了列萨本迪欧。小家伙们听到巨人之间的对话后，立刻就炸开了锅。对两个帕拉斯星人来说，这简直就像突如其来的、啁啾而异常明快的晨间音乐。

然后，小家伙们把气囊拖到一边，巨人们终于出现在他们眼前。

两人立刻发现，自己被一群非常聪明的小生物团团围住了。为了不弄痛小家伙们，两人小心翼翼地站起身，并试图让他们听懂自己的语言。

这当然没有那么快，不过几个小时后，事情终于有所进展——悬挂在帕拉斯星人脖子上的小书帮了大忙。

顺便一提，这些小小的球形生物能把身体转变成各种形状，他们现在正努力地折叠着各自的身体，让他们看起来与帕拉斯星人一样拥有蝾螈般的身体。就连帕拉斯星人背上的翅膀，小家伙们也模仿得惟妙惟肖——只不过他们没办法用它来飞翔。

列萨本迪欧把眼睛伸得特别长，朝帕拉斯星的方向望去，他已经可以透过厚厚的大气层看到那颗星球了。

比巴也朝帕拉斯星的方向看去，立刻便惊声嚷道："这根本不是我们一直居住的那颗帕拉斯星啊！"

列萨本迪欧同时也喊出了声。

小家伙们看到两人绝望地叫喊，前去询问他们绝望的缘由。还没听他们说完，小家伙们就把翅翼撑开，覆盖在帕拉斯星人的眼睛上，笑着说："那上面就是帕拉斯星。不过单凭肉眼只能看到帕拉斯星的大气，球形大气的直径有60德国里。"

两人现在才能透过大气层看到他们的星球，列萨本迪欧又高兴了起来。

两人都想回到母星。

比巴用所有的手臂指着目前北部漏斗上方能看见的东西，高于北部漏斗10德国里的地方笼罩着明晰而闪亮的蛛网云。然而，在大气内部，比发光的蛛网云还要高出10德国里的地方，还出现了另一个微弱地闪烁着的物体，看上去是一个尖锐的锥形物体，锥尖的方向朝下。而且，这个锥体由三个部分组成，颜色与亮度相差得特别大。

小家伙们旋即就收回了那些有放大功能的翅翼表面。帕拉斯星人又看不到那个位于大气层上方10德国里，有三个层次的锥状物了。

列萨本迪欧说："你看，比巴！我们就是太高估我们的眼睛了！要是只用我们望远镜般的眼睛，我们永远都发现不了帕拉斯星的头部系统！"

比巴兴奋地回喊："但是我们终于发现它的头部系统了！你记得我说的那种自我奉献吗？那也是对的！要是我们没有听从命运——那个我们看不见的引领者——的安排，我们永远都不会发现这个头部系统——就算你建了巨塔也不会！"

列萨本迪欧高兴得简直忘乎所以。

好一阵，他才严肃地对比巴说："所以，只需要建一座10德国里的塔，我们就可以清清楚楚地看到上面是什么了。但是，我们需要一个巨型的放大镜片，这得让努瑟去弄。"

"可我们现在得先回去！"比巴道。

要回去自是没那么快。

在此期间，帕拉斯星上已经过去了18个白天与黑夜。

帕拉斯星人已经不相信列萨本迪欧和比巴还能再回去了。

两个人把所有发生在帕拉斯星上的事情都告诉了水母翅膀星上大多数的小个子圆居民。小家伙们说，他们星球的自转速度会定期发生改变。当速度达到最大值时，比巴他们可以把身体牢牢地固定在星球的尽头，在适当的时机切断固定的绳索，飞身跃入宇宙，就能回到自己星球的大气中。

小家伙们决定用巨大的球形罩包住两个帕拉斯星人，这样他们就不会受到稀薄大气的影响。他们也不必害怕寒冷，因为在形成小行星环的宇宙空间中似乎没有大气成分，但存在着完全看不见也无法研究的特殊物质关系。那儿很温暖，不会危及小行星居民的生命。

随后，列萨本迪欧向小生物解释道："瞧，小家伙们，在我们帕拉斯星上没有人相信，我们北部漏斗的上方还存在着一个只有借助放大镜才能看见的闪闪发光的锥形。不过，你们用你们的镜片发现了它。你们之中有没有人愿意和我们一起回去，并向我们星球的人证明，在我们的星球上还有一个由三部分组成的头部系统呢？你们看这件事是否可行？"

小家伙们绕着星球上水母形状的翅膀旋转，在星球上各处活跃而兴奋地翻滚。

他们用他们响亮的语言奏出了一支声势浩大的乐曲，震得帕拉斯星人的头皮直发麻。

最后，有10个小生物决定加入两人的行列，他们把身子挂在巨人项链的书旁边。然后，两个迷途的巨人在合适的时机被送回了自己的星球。他们在大气中穿行了两天。

比巴在飞行时被一颗流星击中，身体的下半部分受了重伤，返回母星后必须立刻进行治疗。

第九章

　　本章首先讲述了列萨本迪欧与比巴不在的时候，帕拉斯星上发生的事情。40万个新生儿从坚果中破壳而出。为了推广列萨本迪欧建塔的计划，戴克斯与新生儿齐心协力地在中枢孔上方建了一座模型高塔。可佩卡有理有据的反对让他遭遇了极大的阻力。令戴克斯欣慰的是，列萨本迪欧与比巴和10个水母星（奎科星）人回到了帕拉斯星。听说塔只需建到10德国里高之后，连最年迈的帕拉斯星人对塔的态度也比以前积极多了。

　　列萨本迪欧与比巴不在帕拉斯星的这段漫长时间里，许多事情都变了。

　　一开始，比巴的书引发了热潮，人们谈论的话题只有双星系统。不可否认的是，帕拉斯星人对弄清母星的双星性质的兴趣也越来越浓厚。

　　北部漏斗的塔却迟迟没有进展。人们还是普遍认为这个计划太过冒险，太耗费时间与精力，可行性也有待商榷。人们甚至都不愿意费工夫测量一下蛛网云的距离，甚至连戴克斯也没有考虑到这一点。

至于两个帕拉斯星人的消失，人们的解释也完全符合事实。他们自然而然就会猜到，两人可能是被偶经的流星或是小行星吸走了，帕拉斯星人经常会因此消失。不过，也有一些消失的人后来还会再度出现，可这种情况已经很久没有发生了。所以，实际上列萨本迪欧与比巴在同袍的眼里已经没有生还的可能了。没人抱着还能看到他们的希望，连戴克斯也不抱希望。

不过，正因为大家觉得两人已经不在了，所以两人所说、所追求的东西才变得越来越重要。人们越来越频繁地讨论"专注"，讨论如何臣服于更伟大的思想。

然而，对于什么才是更伟大的思想，众人无法达成一致。戴克斯依旧坚定不移地劝说大家把列萨本迪欧的塔造起来。可是，支持他的只有和他一起将极大批量的卡迪蒙钢从帕拉斯星内部挖出，并对其进行加工处理的几个朋友。

在此期间，拉卜和他的朋友又发现并敲开了许多坚果。

马内西新培育的蘑菇与霉菌以惊人的速度在帕拉斯星的各处生长，连洞穴中都不例外。这样，敲开新发现的坚果的时候便再无后顾之忧。

戴克斯尽其所能地敲碎坚果。

帕拉斯星上的人口瞬间就成了原来的5倍。很久以来，这颗漏斗星球上的居民一直都只有将近10万人，而现在一下子就有了50万人。戴克斯和他的朋友们马不停蹄地向新生代宣传列萨本迪欧之塔的重要意义，刚出壳的孩子们斗志昂扬地接受了建塔的建议。这下，天平立刻就向戴克斯一方倾斜了。帕拉斯星上发生了颠覆性的改变。新生代的热情是无可匹敌的。

戴克斯明白，40万个刚出世的孩子的热情足以让建塔立刻开工。他告诉他们，他们首先要做一个大型的塔模。大多数人立刻就表示愿意加入。

众所周知，戴克斯已经在北部漏斗的中枢孔上搭建了一个由卡迪蒙钢打造的支架，现在他们将以此为基础继续建下去。毫无疑问，它完全可以被当成是巨塔的模型。

在支架上搭盖新的楼层时，戴克斯与新一代的年轻人全神贯注、心无旁骛的热情让老一代的帕拉斯星人目瞪口呆，他们不知该如何评价这种能量。

这种能量当然不会熄灭。

佩卡却不认可这种熊熊燃烧的热情。

佩卡用温柔和蔼的态度说："不容否认的是，戴克斯确实在用一种极有力的方式改造我们的星球。我们当然也不能不让破壳而出的年轻人继续搭建他们的高塔模型——它确实也把帕拉斯星装饰得很漂亮。再说，老一辈的帕拉斯星人与年轻人的友谊并没有戴克斯与他们的那么深，没办法轻易地把他们拉到自己那一边。但是与从前一样，大多数的老人依然认为建造这座高达数德国里的列萨本迪欧塔对我们所有人都构成了严重的威胁。首先，这座几德国里高的巨塔带来的重力变化将如何影响我们星球，谁都无法预料。我们对此毫无头绪，更不要说任何有科学意义的测量数据了。其次，这需要每一个帕拉斯星人长年累月的辛勤付出，所有人都必须参与，这会让所有艺术类的工作与计划都付之一炬。我们要阻止这件事发生。我们不能让所有老一辈帕拉斯星人最终沦为机器。如果我们一定要服从于更高者的意志，那我们必须对它大概的轮廓有所了解。只要我们对这个更高者还没有更加清晰的认知，那我所有从事艺术的朋友们都会是这座塔的敌人。"

这番温和而合乎情理的言论打动了老一辈帕拉斯星人。戴克斯则努力尝试说服年轻人留下来继续完成塔的模型。这并非一件轻松的工作，所有的卡迪蒙钢都必须从漏斗边缘20德国里下的地方运到中枢孔，这显然需要动用复杂的大型运输机械和制动机器，庞大的滑行履带也必不可少。塔模的层数也不少，建筑风格更要丰富多样，充满艺术气息。但是，众人对模型的层数仍莫衷一是。戴克斯想最好是建100层，60层以下他绝对不干。

不过，在刚开始动工的时候，塔的层数自然是无所谓的。总之，戴克斯想突入3德国里的高空。

那天清早，当处境越来越艰难的戴克斯听到列萨本迪欧和比巴已经回来的消息时，简直如释重负。

刚听到这消息时，他当即惊道："我是不是还在做梦？这是真的还是假的？"

传信的人一连重复了三遍，告诉他两个失踪者已经回到北部漏斗的边缘地带了。

戴克斯所在的位置离中枢孔不远，他立即纵身跳起，跃上离他最近的带状轨道，一连跳了30条带状轨道才来到两人所在的地方。他被这一喜讯冲昏了头，根本没想到可以使用绳索上去，那样要比现在快10倍。

重逢的时刻终于来临了！

戴克斯根本没注意到从水母星来的小家伙们，上气不接下气地开始说起了他的塔模，说起了他越来越不容乐观的境况。

经过了长途跋涉后的列萨本迪欧一开始都没办法开口说话。比巴吸盘足的上半部分遭陨铁击中，受了很严重的伤，他必须先把自己的腿接上。他腿上的橡胶皮肤掉了一大块，不过幸亏它还连在吸盘足上。

只有最年迈的帕拉斯星人才见过这种程度的肉体损伤，也只有他们知道该如何处理，他们很快就能用胶布与绷带将伤口修复好。

所以，比巴刚开始也无法立即像以往一样说话。

这么一来，起初能说话的只有水母星来的小家伙们（他们把自己的星球称为奎科星），他们前言不搭后语的自我介绍令人摸不着头脑，让帕拉斯星人戴克斯更加混乱，也更疑惑了。

当戴克斯逐渐意识到，这两个一度下落不明的族人亲眼见到了帕拉斯星顶部的头部系统时，他欢呼了起来。10个小小的奎科星人证实了这一点，并对此加以补充后，他更是喜不自胜。

然后，当戴克斯得知覆盖帕拉斯星的大气层大约只有10德国里，也就是说，蛛网云与北部漏斗的边缘也只有10德国里（这是此前从未测量出的数据）时，他的喜悦之情已无以言表。他再也控制不住自己，欢呼着在空中来回翻了好几个筋斗。看到此情此景的帕拉斯星人都能感受到他无边无际的快乐。

他们随即加入了欢呼的队伍，所有人都在庆祝列萨本迪欧和比巴顺利归来。

人们很快就再一次谨慎地测量了蛛网云与漏斗之间的距

离，并发现它们确实只相距10德国里。众人都对先前的疏于计算感到讶异。佩卡说："这确实是一件大喜事，我们终于知道蛛网云后面藏着什么东西了。所以，我们不用再建列萨本迪欧的塔了。这塔已经没有存在的必要了。"

戴克斯听见了，先静静地站了一会儿，然后温和地轻声说："可是佩卡，你在说什么呢？现在我们更应该造塔了，因为我们已经有了一个明确的目标。我们已经知道上面有一个头部系统，现在我们要去了解它，这必须靠这座塔才行。正因为我们需要这座塔，我们更加应该把它造起来。"

佩卡用左手抚了抚下巴，一时不知道该说些什么。

他小声嘟囔道："这计划也太宏伟了。我们会有失去平衡的风险。"

"绝不可能！"戴克斯回答。他把身子伸出50米高，然后又迅速缩得极小，并一直重复着这个把戏。

"你到底想干什么？"佩卡略带怒意地喊道。

戴克斯不动了，把身子保持在10米高，并将手臂完全伸开，非常庄严地说："佩卡！佩卡！你没听说帕拉斯星上方神秘莫测的云层距离我们北部漏斗的边缘只有10德国里吗？所以我们的塔只需要建10德国里高就行了，我们根本不需要把它建到60德国里或100德国里那么高。要是我们永远只活在这颗星球的这片云下面，我们的测量仪器永远都测不出真实的数据。我们太高估这片云了。不过现在也无所谓了。在测量的过程中，比起在我们身边的蛛网云，我们更关注远在天边的东西。这或许令人费解，但是为了我们的利益，这是理所应当的。我们不用再深思熟虑了。"

一转头，戴克斯又与列萨本迪欧和比巴说起了他的塔模。

"我的模型塔建在下面的中枢孔上，"戴克斯来回摆动着手臂，笑着说，"我本来想建座100层100德国里高的塔。不过，我现在只完成了前10层。现在，听了你们说的，我根本没有必要把它建得更高了。不过，难道我要说它不珍贵、不令人喜爱吗？现在，连佩卡也不再反对我们建塔了。我们现在要做的就只是建一座10德国里高的塔。"

两个老帕拉斯星人都笑了，其中一个莞尔道："亲爱的戴克斯，我们三年前就和努瑟一起造过塔。我们都知道那座塔只有1德国里高。那工作量可不小。10德国里可是它的10倍呢，一切没那么简单。"

不过，这座高塔只需要建10德国里的消息很快就一传十，十传百。所有老一辈的帕拉斯星人都点头称是，大家很快都说："这就对了。现在这座塔的计划算是成熟了。"

列萨本迪欧和负伤的比巴听到这一说法后都十分欣喜。

后来，当列萨本迪欧听说并亲眼看到戴克斯为塔所做的一切后，他的感激之情难以言表。

当戴克斯跃到他们身边时，列萨本迪欧笑着喊道："戴克斯，我把我的5个奎科星人都送给你，这样你就知道我有多感激你了。"

受伤的比巴也喊道："那我把我的5个也送给你。"

戴克斯十分高兴。

可小小的奎科星人发出了可怕的噪声，用尖锐的声音此起彼伏地喊道："帕拉斯星人！你们这是在想什么？把我们像玩具似的送来送去就是你们对我们的感谢吗？我们是来帮助你们改进那座巨塔的。可你们现在要把我们像玩具一样送出去？"

他们悲伤地哭了起来。

此时，蛛网云降下。帕拉斯星的夜晚来临了。

第十章

奎科星人是一群格外有幽默感的小家伙，他们充满活力地加入了建塔的队伍。列萨本迪欧向他们讲述了头部系统的重要意义。

戴克斯把列萨本迪欧带到了努瑟的塔上，努瑟和索凡提也在那儿，两人对造塔大计充满了热情，立刻想要安排表决大会。除了列萨本迪欧，所有坐在模型塔上的帕拉斯星人都支持建塔。列萨本迪欧来得太迟了。

到处都亮着彩色的光。

奎科星人看到了光，把触角般的眼睛伸得长长的，环顾四周，他们发现身旁的帕拉斯星人都尴尬得说不出话来。

10个奎科星人朗声大笑。一直为其他9个人代言的纳克斯笑着说："你们怎么那么容易上当？你们怎么那么容易就把别人最不经意的玩笑话当真了？你们真的以为有人生你们的气啦？你们真的以为我们这么轻易地就生气啦？还有，我们怎么可能那么轻易地就愿意被人当作玩具呢？再说，眼泪就一定是痛苦的象征吗？"

帕拉斯星人也不由笑了起来。

纳克斯立刻说："被送给行动力超强的戴克斯，我们其实非常高兴。我们随时都愿意帮助他。我们是出自真心地喜欢他。我们有什么理由不跟着他呢？这其实一点都不痛苦。戴克斯，快告诉我们，现在还有谁不同意造塔的，我们可以跑到他们的脖子上好好说服他们。"

戴克斯被逗乐了，说话的时候连脸上的皱纹都在发光："你们得去和佩卡及他的朋友好好说说。拉卜的态度也不咸不淡的。还有马内西，他最近总是在说，大多数攀缘植物受不了大气层高处的稀薄空气。"

奎科星人答应了。

列萨本迪欧还向他们讲述了什么是奉献精神。

"最大的愚蠢是，"他说，"帕拉斯星上的每一个人都特别想改造这颗星球。自很久以前便一直如此，可我们最终什么也没能做成。我们当然什么都做不成。只有当我们意见一致时，我们才有能力改造这颗星球。要是每个人都固执己见，不听听邻人的想法，那我们永远都无法想出任何计划。我们必须臣服于更伟大的思想，或者臣服于更伟大者的思想。如此一来，我们就不必放弃自己的思想。在建造北部漏斗顶部的巨塔时，我们还必须为石材、膜料、照明等方面制订无数个计划。但最重要的是，一切都要为更宏伟的计划服务。现在我们已经知道，帕拉斯星的头部系统就高悬在我们的大气层上，所以将漏斗系统与头部系统连接起来是再自然不过的想法。要实现这一想法的唯一手段就是造塔。我们必须先把塔建到头部系统的附近。在了解上方的具体情况后，我们自然就知道如何把塔与头部系统连在一起了，但我们必须先将这个头部系统研究透彻。只有当我们充分了解它之后，我们才能够实施我们的母星改造计划。这座塔非建不可。要是没有这座塔，我们根本无法对头部系统进行进一步的研究。我们命运的引领者就高坐在那儿，指引着我们向上探索。他引领我们从这里向上攀登，进一步向更精细、更具智慧，也更复杂的宇宙进发。那将是我们的下一个目标。所以，我们所有人必须全神贯注地建塔。我们必须为之奉献自己，也就是献身于我们伟大的引领者——那个无所不能的伟人。我们已经知道了去哪儿寻找更伟大的东西，这难道不是一种至福吗？他就在我们上面，伟人就在上面。"

列萨本迪欧把身体伸出50米高，举起所有的手臂，展开背后的翅膀。他整个上半身开始发出耀眼的光芒，所有看到这一幕的人都安静下来，聆听旁边的人复述伟大的列萨本迪欧说了些什么。

奎科星人被带到马内西、拉卜、佩卡与他们的朋友那儿。小家伙们热情洋溢地把从列萨本迪欧那儿听到的东西告诉他们，还提起了在奎科星上都能看见的帕拉斯星的头部系统。

戴克斯把列萨本迪欧带到了努瑟的塔上，索凡提也在那儿。

努瑟在他1德国里高的光塔塔顶接待了三人。

一见面，他立即就对列萨本迪欧说："索凡提与我完全赞成戴克斯建塔的计划。戴克斯很容易就说服了我们，因为建在第一个圆环上的50座倾斜的钢塔自然也是光塔，剩下更高的每一层钢塔肯定也都是光塔，所以我会尽我之力帮助你的。索凡提也是，因为他要用他的薄膜封住钢塔顶部，这样这座光塔就会变得像灯笼一样。此外，他还要用薄膜尽可能地封住整座塔上半部分的各个角落，因为我们想不出其他抵御蛛网云的方法。不过在我看来，现在正是决断的时候。今晚，我们必须把所有的帕拉斯星人都叫到北部漏斗，是该让他们决定要不要建塔了。几乎全部的新生代都站在我们这一边，那几乎是40万个帕拉斯星人呢；还有一半的老一辈支持我们。反对我们的最多才5万人。再说，10个奎科星人的到来说不定还能为我们再争取到一些人。"

列萨本迪欧高兴得直打战。

他十分沉醉地向20德国里深的漏斗中望去，无数探照灯飞舞着映照出时间。然后，他看到漏斗壁四处闪烁着星火，许许多多帕拉斯星人在带状轨道间穿梭，他们在打探从奎科星传来的最新消息，打探帕拉斯星头部系统的讯息，再将它传播出去。

然后，列萨本迪欧请求戴克斯把所有帕拉斯星人都安排到下面的模型塔里。他自己想要在上面再待一阵子，等一会儿再下去。

于是，戴克斯、努瑟和索凡提三个人在绳索与老虎钳的帮助下来到中枢孔，并请求所有的帕拉斯星人在塔内集中。10层的高塔已经能够容纳所有的帕拉斯星人。

中枢的索凡提乐章奏响之后，所有帕拉斯星人很快就坐到了10个牢固的铁环上，他们的身子缠在环上，头可以探入塔模内部观望。

现在，一些年轻的帕拉斯星人把10个奎科星人团团围在塔模的内部，每一个铁环中央都有一个奎科星人。

小家伙们用响亮的声音道："帕拉斯星人，如果你们现在不做建塔的决定，那就真是太傻了。我们已经看到你们星球的头部系统了，你们一定也能看到的。要是你们现在不团结一心把塔建起来，那你们永远都会对你们星球最重要的东西一无所知。你们可千万不要以为，每颗星球上的人都能够轻易接近他们的头部系统。在我们奎科星，头部系统位于水母状翅膀的最中央。我们永远都没有机会接近它，因为那儿永远燃烧着殷红的火焰，我们不得不远离它。我们没有办法接近自己星球的头部系统，可是你们就可以，你们只要把巨塔造出来就行了。我们完全不理解为什么你们还要像这样拖拖拉拉。"

10个小家伙一刻不停地说着。到最后，戴克斯的样子变得非常奇怪——他什么话也说不出，不过他确实也什么都不必说了。

在心里，他一次次地感谢列萨本迪欧从奎科星带来的朋友，可是他已经非常不耐烦了。

此时，列萨本迪欧仍然独自站在努瑟塔顶，他突然发现漏斗壁上的星火已经完全消失了。

"原来如此，"他低语道，"帕拉斯星人已经在下面集合了。现在我也该去了。"

他再次从塔顶高高地跃入漆黑的夜空，在空中划出一条巨大的弧线。然后，他把展开的身躯向后仰去，将吸盘足固定在后脑勺，看起来就像一枚戒指。接着，他从身侧展开一只翅膀，很快又展开另一只，缓慢地绕着巨大而优雅的螺旋形飘往塔模所在的漏斗底部。现在，除了列萨本迪欧，所有的帕拉斯星人都集中在塔内的10个环上，连受伤的比巴都被安置在最底下的那个环上。人们把比巴固定在环上，因为他的脚还没有痊愈。绷带还需要绑上好几个小时才能生效。

列萨本迪欧绕着螺旋慢慢地向深处降落，心里想的全都是他的献身理论。

他轻声自语道："就算我们不能达成一致，这也算是一件好事。如果指引我们的伟大灵魂——我敢肯定，他一定就在我们的北部漏斗上——不愿意让我们接近他……要是他不愿意让我们接近，那也没什么。我们已经做了能做的一切，我们已经尽力了。如果佩卡和他的朋友反对建塔，要是他们现在依然不同意，或许我们可以在没有他们的情况下开工。可是佩卡有很多朋友，还有很多器械，这都是我们需要的。而且，要是在没有达成一致的情况下就擅自开始如此伟大的工作，确实也不太好。可是一切还是按计划进行。我们已经做了能做的一切，别的我们也做不了……我们得实践献身精神。不论结局如何，我们都乐于接受。"

到了深处，列萨本迪欧听到一声如雷贯耳的喊声，接着是响彻云霄、钟声般清亮的乐声，余音缭绕。

"这是索凡提的音乐吗？"列萨本迪欧道，"不！我从没听过这样的声音。一定是他的新发明弄出的声音。不，不可能！那就是所有帕拉斯星人表决的声音。他们或许已经做好了建或不建的决定，缺席的却只有我。要是他们最终在我不在的情况下私自决定建塔，那就太奇怪，也太有趣了！生命中每个让人兴奋的时刻也总令人发笑，这一定是好事。可我真的非常好奇这故事的走向，我得快点飞。"

他小心翼翼地将吸盘足从头皮上移开，张开50米高的身体，收起翅膀，像一根棍子般笔直地向下飞去。

他又听到了那种喊叫声，接着又是一下长长的、沉郁的钟声。

然后，他听到了第三下长长的、沉郁的钟声。

他用他望远镜般的眼睛清清楚楚地看到了模型塔的每一层，也看到了所有的帕拉斯星人。

他来到塔底，高高地跃入模型塔中央。

此时，大家一起喊道："列萨本迪欧！"

所有人都笑了。

戴克斯说："刚才我们喊了三声一致同意——一致同意——一致同意！所有人都同意造你的塔。可是你，列萨本迪欧，只有你没有发声！"

第十一章

奎科星人纳克斯有个不错的主意，但没有被采用。戴克斯在公民大会上提议，首先需在星球上方建44座高1德国里的塔。众人向佩卡、拉卜与马内西许诺。但在建塔过程中，他们并没有遵守诺言。无法实现自己抱负的佩卡极为痛苦。经过了很长时间的奋斗后，塔的第一层建完了，它看上去像一个脚手架。拉卜的治疗药膏也用完了。佩卡的崩溃却让拉卜得到了自己缺少的东西。

来自奎科星的纳克斯挂在高大的列萨本迪欧的脖子上，用鸟鸣般的尖细声音道："大列，我只是不理解，为什么你们不在北部漏斗的上面绑一根粗大的绳索，然后借助它的力量弹射到高空。既然在你们星球的南部行得通，那在北部肯定也可以。"

"那是行不通的！"列萨本迪欧说，"上方的蛛网云极有可能产生极大的压强。我们在那儿走不了多远，连1德国里都不行。我们已经用绳子试过了。"

"好吧！"纳克斯回答道，"那你们必须得造塔了。可惜奎科星人帮不了你们，我们的个子实在太小了。"

与此同时，戴克斯已经在上方评估建塔的位置了。

喜庆的气氛很快就烟消云散。一种一往无前、跃跃欲试的焦急占据了大多数帕拉斯星人的心，尤其是年轻人们。

比巴感受到了这种轻率，他对列萨本迪欧说："帕拉斯星人的急切让我感到非常不舒服。我们面对的是一份非常耗时的工作，我们应该放慢节奏。成大事者必须得谨慎行事，我们要先学习如何承受痛苦。我的脚恢复得非常慢。恐怕在建塔的过程中，我们的肢体会经常受伤，我们必须将其考虑在内。我们首先得让拉卜多制作点古老的药膏，装在漂亮的玻璃瓮里，放在北部漏斗的边缘地带。要是有谁发生了不测，立刻就可以用药膏救治。"

于是，两个人去找拉卜商量此事，比巴坐在列萨本迪欧的背上。

拉卜显然已经做好了制药的准备。不过，他还需要几万个帕拉斯星人与他一起工作三天三夜。制造药膏需要花费很多精力。

在此期间，戴克斯已经完成了北部漏斗的勘探工作，并在一场于中央模型塔内举行的大型公民大会上庄严宣布，上方有足够的卡迪蒙钢可供使用。他的磁石甚至能测量出钢筋的具体数量。

"现在我觉得，"戴克斯接着说，"我们可以利用努瑟建造的第一座直立的塔。不过，我们还必须在它的周围另建3座直塔，如此一来，这个规则的形状大约就是第一层巨塔的雏形。我们最好将4座直塔安置在一个正方形的4个顶点上，该正方形的边长不能超过10德国里。另外，我想在每两座直塔之间建10座斜塔，这么一来，整个基架一共需要44座基塔。"

经过很长时间的讨论，这项提案最终被通过了。最后，佩卡评价道："'基架'这个词用得好，简直是名副其实。在我看来，它看起来肯定像个毫无血肉的骨架。恐怕列萨本迪欧塔不会让我们的星球比以前漂亮多少。"

这话引起了一片哗然。比巴说："别那么着急！我一直都这么告诫所有的帕拉斯星人。对待像这么大的工程，我们不应该那么疾风骤雨，要不然我们很快就会筋疲力尽的。佩卡可以在基塔的底座上贴上巨大的水晶装饰。拉卜可以按他的品位安排、装饰基架的支点。马内西可以在所有有空间的地方栽培他的攀缘植物。这样整座基架不就可以充满个性了吗？"

"那也只是说得好听，"马内西说，"恐怕上面的白云会划去我们计划书上的不少条目吧。"

大多数人都不相信。列萨本迪欧、戴克斯和比巴反复保证，这座按计划可将帕拉斯星头部与躯干连接在一起，且高达10德国里的巨塔上的艺术设计不会受一丁点阻碍。

佩卡很快接到了装扮地基的任务。所有帕拉斯星人都接到了许多任务。不少人心中百感交集，尤其是佩卡、拉卜和马内西的跟从者。

大家首先要造的是几座和第一座努瑟塔一模一样的直塔。佩卡在其中一座塔的地基上安装了能够放出极亮光芒的、坚固的晶体柱。另3座塔还没有安装上晶体柱。4座承重能力符合要求，唇齿相依的直塔建完后，工人们立刻又陷入了紧张、焦虑与不安中，他们当下就想着手制造40座斜塔。大家想立刻看到成果。大家用了20个日夜，几乎可以说是不眠不休地完成了4座直塔。

比巴再次呼吁大家冷静下来。他说，帕拉斯星人也需要休息，不然身体无法吸收足够的养分。

没有人愿意在夜里休息太久。很快，急迫不安的情绪又攫住了帕拉斯星人的心。再也没有人考虑艺术方案了，他们只想把一切造得越牢固越好，他们将用于固定的钢筋远远地打在漏斗外侧的石头里，还在斜塔间拴上了坚实的钢丝绳。

现在，到处都只能看到钢筋与铁索。100个日夜过去了，40座斜塔拔地而起。每座都高1德国里，塔后由许多钢筋与铁索固定。

这看起来一点都不吸引人。

"我害怕的事情终究还是发生了，"佩卡说，"现在我们可真是为我们的星球戴上了一顶华贵的皇冠。所有人的肢体都酸痛不已，许多人受了伤，拉卜做的药膏也所剩无几。"

比巴的腿伤已经痊愈，他在公民大会上发言，恳请大家少安毋躁。然后他单独找佩卡谈话。

佩卡用激烈的语气道："你们先前的承诺到现在还没有实现呢。我只用巨大的晶体装饰了一座塔的地基，还有43座呢。"

比巴劝说大家让佩卡先将地基装饰完。可到处都是反对的声音。

戴克斯说："要是这样的话，我们永远都无法完成这座塔。把地基全部装饰完至少要花费200个日夜。我们现在的首要目标应该是把所有塔的顶端连起来，这样巨塔的基架就固定了，不会再掉落了。"

按照戴克斯的要求，大家又工作了50个日夜。

这份工作的强度大得惊人。完工后，所有人都筋疲力尽地瘫倒在地，肢体几乎不能动弹。大家需要好好休息几天。

列萨本迪欧去拉卜的大工坊找他，他就住在佩卡隔壁。

拉卜十分悲伤地躺在一个巨大的、浅蓝色的绿松石贝壳里，说："亲爱的列萨本迪欧，我们离佩卡的工坊非常近，我已经两次听到他大声地自言自语了。我不知道他怎么了！他没有在建塔时受伤。但这还不是让我伤心的理由，让我伤心的是其他事，我还没有告诉任何人，我想先和你谈谈。"

列萨本迪欧的眼睛像两只小小的探照灯般发着光，他安静地说："我已经做好了最坏的打算。告诉我你想说什么，我们总会找到办法的。"

"我担心，"拉卜回答说，"我们的塔不会完成得那么快。你知道，我们的卡迪蒙钢都很长，大多数都超过3000米，有些甚至可以达到1德国里。在空中安装这些钢筋是很困难的。"

"我当然知道，"列萨本迪欧出声打断，"你就开门见山吧，我已经很不耐烦了。"

拉卜答道："你不该如此不耐烦。尤其是你，列萨本迪欧。我现在长话短说，许多帕拉斯星人在建塔时负了伤，基本都伤在吸盘足。而且，而且我的药膏已经用完了。现在我不知道该怎么再制作新的。现在我完全无法弄到液体。"

"哦，这太糟糕了！"列萨本迪欧大惊。

"没错，"拉卜继续说，"要是能有几滴水，我都要欢呼了。这颗星球实在太干燥了。我给20个受挫伤的帕拉斯星人上了些药，可是药太干了，完全没有效果。可怜的伤员们都在责怪我。我已经不知道该怎么帮助他们了。要是我们能在奎科星上发现液体的话……"

列萨本迪欧说："这需要的时间太长了，根本行不通。这么一来，我们至少要休息整整20个日夜。"

言毕，两人听到隔壁的工坊里突然传出了声嘶力竭的叫喊，那是佩卡的声音。两人立刻起身飞到佩卡处，只见他像条蛇一样在地板上抽搐。然后，佩卡的声音更响了："是你毁了我！你把我的一切都夺走了！你把我毁了！我的艺术家梦想全都葬送在你这该死的塔上了！我不想活了！是你害了我！"

"安静！安静点！"列萨本迪欧说，"你不用再到塔上工作了，你就待在你的工坊里吧。别那么激动。我也没有别的办法，可我必须按我的计划走。别生我的气！原谅我吧！"

可佩卡像疯了一样继续大喊大叫，一滴硕大的眼泪从他的眼中淌了下来。他用嘶哑的声音喊道："你的安慰一点用都没有。我已经丧失希望了。我的想法再也无法实现了。我一点念想都没了。你的塔吞噬了一切。你粉碎了我的一切，我所有的钻石，还有所有坚硬的花岗岩。是你亲手粉碎了我。连治伤的药都用光了。我还算是个帕拉斯星人吗？我为什么还要待在这里？我是多余的。我无法忍受成为多余的人。我原想把帕拉斯星打磨得晶莹剔透，这个梦已经一去不复返。我要把你的塔敲烂！是的，我会的，列萨本迪欧！"

佩卡的眼中又滴下了许多硕大的泪水，顺着脸颊淌了下来。

可此时，拉卜突然一跃而起，也喊出了声。他的声音听起来倒像是出于极度的欢乐。

拉卜像发了疯似的在佩卡高高的工坊里上蹿下跳。然后，他从项链上摘下一个小瓶子，向佩卡俯下身去，高声说："有了！又有了！佩卡！再给我点你眼睛里的水！我又可以做药膏了！"

他开始把所有从佩卡眼里流出的泪水接到他的小瓶子里，笑得像个疯子。

佩卡诧异地看着拉卜，轻声说："你这是干吗？这又是什么意思？"

"哦，我明白了！"此时，列萨本迪欧喊道，"这就是所谓的眼泪！珍贵万分的液体！很久之前，是一个已经消失的老帕拉斯星人发现了这种东西。有人说，当时他哭了。再多哭一点，亲爱的佩卡，这会叫拉卜很开心的！那些受了伤的帕拉斯星人也会很开心！你的痛苦给我带来了极大的好运。"

佩卡瞪大眼睛看着两人。当拉卜尴尬地告诉他实情后，佩卡哭得更厉害了。

可过了一会儿，三个人发出了雷鸣般的笑声——包括佩卡。

第十二章

娇小的奎科星人向帕拉斯星人展示了他们能做的事。纳克斯的能力尤其出众。奎科星人的轻快天性与帕拉斯星人的严肃形成了鲜明的对比。塔的第二层、第三层竣工了。可佩卡非常不高兴，他认为在这项工程中，他的个人价值完全被忽略了。纳克斯想要安慰他，可成效不大。纳克斯很同情佩卡，想要阻止索凡提继续生产用以抵御蛛网云侵蚀的薄膜，然而他同样没能阻止索凡提的宏伟计划。最后，索凡提成功地造出了不会因蛛网云的压力而裂开的薄膜。

好多人都在开佩卡眼泪的玩笑，佩卡也不得不一直赔着笑，这到底叫他有些为难。

不过，还是只有拳头那么大的奎科星人觉得最新奇，原来象征着极度痛苦与愤怒的眼泪还能成为治伤的良药。

所以，佩卡与拉卜的项链上总是挂着小小的奎科星人。他们无忧无虑、乐天知命的个性给了帕拉斯星人不少慰藉。小个子纳克斯尤其如此，他总能发现新东西。

"我们还没习惯你们如此严肃的个性呢。"他叽叽喳喳地说，"在我们奎科星，从来没人动过改善或改建任何东西的念头，永远不会有人这么想。帕拉斯星真是颗特别的星球，它既干燥又坚硬，还不透明，要改变它谈何容易。奎科星就正好相反，柔软、透明，好似胶体。不过，我们也和自己的星球一样善于变化。"

然后，他把自己娇小的身体变成了帕拉斯星的模样——一个不透明，缀着蓝色斑点的圆桶。接着，纳克斯在桶中央变出了一个洞，又在洞的上下各形成一个小小的漏斗。从外面完全看不见他的脑袋。

帕拉斯星人用望远镜般的眼睛注视着这一奇观。纳克斯飘在空中自由自在地旋转。这自然在帕拉斯星引发了极大的轰动。佩卡对此非常着迷，整整两天两夜没管塔的事。

好像我们现在也不缺什么——这些身材娇小的客人似乎很快就改变了帕拉斯星人的想法。

列萨本迪欧意识到了这种危险性，并找比巴商量。后者道："这个纳克斯，他的心里绝对藏了一个爱挖苦人的小鬼，但他不能随心所欲。他早就告诉过我他可以千变万化。他还想变出个看上去与帕拉斯星一模一样的小型彗星系统，但是他没有成功，照样乐呵呵的。这些小家伙总是想尽办法让自己开心。不过那也是有局限性的。真正能对我们的塔造成威胁的是那些对我们出言讽刺的艺术家。"

　　好心的比巴在这点上说得很对，因为奎科星人总是能把自己的身体转换成最好的样子。当只有他们自己的时候，他们不断在练习——主要是帕拉斯星人睡着的时候。从奎科星来的小家伙们不怎么需要休息，另外，要是想睡觉的话，他们随时都可以入睡。他们睡着的时候会变成不透明的小圆球。

　　"为了让我们的星球有所改变，我们已经冥思苦想了一个世纪。可是这些小家伙每天都可以变形，一会儿变成迷你的帕拉斯星人，一会儿变成我们星球上的萤火虫，一会儿变成气球植物，一会儿又像一根皮带似的环绕在我们的前额与身上。谁能不嫉妒这些小家伙呢？我们费尽心思都做不成的事情却被他们拿来尽情地开玩笑。我们得让他们有点事做，这样他们就不会使我们分心了。"列萨本迪欧说。

　　比巴回应道："纳克斯必须得留在佩卡的脖子上，逗他开心。马内西和拉卜也应该各找一个奎科星的小伙伴。我会试着和小家伙们谈谈的。再这样下去，佩卡很快就会变成我们的阻碍。小家伙们让我们停工了。我其实已经非常非常不耐烦了，我今天就想开始建造下一层塔了。你难道不是这么想的？"

　　列萨本迪欧喜悦地答道："我们必须立刻重新开工。我等不及了。但你先得让小家伙们对我们的工作更上心些。他们已经帮助了我们很多，我们不会忘记这一点的。要是没有他们，就没有当初齐心协力建塔的我们。"

比巴按列萨本迪欧说的去做了。第二天，众人就开始建塔的第二层。

戴克斯的意见是，第二层应该建得越斜越好，这样就可以节省下高层所需的钢材。

建塔专家努瑟改进了用以从星球内部取出钢材的机械，把钢筋运输到高处的机械也得到了改进。

这次，工作进展得迅速多了，搬运、安装钢材时受伤的人也少了许多。

经过35个日夜的奋战，第二层塔也完成了，它看上去像一根指向北部漏斗中央的陡峭的龙骨。

帕拉斯星人又用光了力气，需要好好休息。

可列萨本迪欧与比巴比以往更焦急，更不耐烦。连戴克斯与努瑟也是，他们都不愿意听到休息这个词。索凡提是所有人当中最不耐烦的，他说："我们终究还是得弄清这些蛛网云是否会对我们构成威胁。要是会的话，我就要开始准备能保护我们的巨大薄膜了。然而，我不知道我是否能把它生产出来。我们还必须知道的是，第三层塔是不是还要建得如此倾斜。这都是我们要弄清楚的事，我们没有时间可以浪费。"

索凡提与他的朋友说服了其他人。大家决定把第三层也建得尽可能倾斜。

头4座塔稳稳当当地盖好之后，几个帕拉斯星人待夜幕降临后爬了上去。他们不得不避开巨大的蛛网云，因为他们无法在最顶端停留。建筑工人又是一片哗然。索凡提说得没错。

现在首先要确定的是，索凡提的薄膜是否能保护工人不受蛛网云侵害。可是要测试，就必须先造更多塔。最后，众人以迅雷不及掩耳之势完成了44座塔。上边的部分只有在白天才能建造。现在要做的就是把位于最上方的塔尖焊接在一起。这要花费许多时间，因为云一靠近，所有的工人都要从塔上下来。

100个日夜过去了，大家还是不知道索凡提的薄膜是否能在继续建塔的过程中起到防护作用。

佩卡变得越来越不耐烦。但是他的不耐烦与列萨本迪欧、比巴、戴克斯、努瑟、索凡提的都不一样。在塔施工期间，他们都可以提出各自艺术上的想法并得到一定程度的接纳，佩卡觉得自己完全被冷落了。拉卜、马内西也是同样的想法。

小纳克斯费了很大工夫安慰佩卡。可他变形的戏法很快就不像以前那么有效了。佩卡一天比一天沮丧。

奎科星人逐渐学会了在身上变出翅膀的本领，这样他们就可以自由地飘在空中。当帕拉斯星人在高处操作、固定卡迪蒙钢的时候，奎科星人也能够与他们面对面地谈话了。

北部漏斗上方3德国里处，明亮的蛛网云照亮了四周，宝石绿的星星在深紫的天空中闪烁。

纳克斯对佩卡道："亲爱的佩卡！我不明白你为什么那么固执。如果好几百年以来，你一直幻想着只被坚实的、有棱有角的宝石建筑环绕的世界，你一定也知道，这个愿望实现的可能性微乎其微，所以你就可以像现在一样舒舒服服地沉迷于幻想，而把现实抛诸脑后。我还非常不明白，为什么你们非要执着于大型计划，小规模的计划难道就不好吗？我们的幻想也是一种真实。为什么人们可以像你、拉卜和马内西那么固执呢？因为他们也像你一样抱怨个不停。奎科星上的人从来都不抱怨。我们从来不追求不可能的事情，只做力所能及的事。"

"是的，"佩卡答道，"可正是因为没有更高远的目标，你们才来到了这么遥远的地方。你们也从来不知道，什么是通过无法用语言来形容的努力达成目标。你们一直都感到很满足。可也正是这样，你们永远都不会懂得什么是强烈的、暴烈的、令人粉身碎骨的快乐。你们在这颗星球上只是旁观者，是给人带来欢笑的小家伙，所以你们总是乐呵呵的。可你们根本不知道，我们是如何看待这项令我们殚精竭虑的工程的。你不知道我在承受什么。你永远都无法理解我的痛苦。"

小纳克斯不知道该说些什么。最后，他诚挚地说："我会去和列萨本迪欧与比巴说的，他们必须放弃这座塔。随着塔越建越高，它一定会被蛛网云腐蚀。索凡提的薄膜不会有用的。我会这么告诉他们的。然后，你就可以在下面造你的宝石建筑了。你全心全意地帮助列萨本迪欧与比巴，他们也应该全心全意地帮助你。这样，你的痛苦就会消失，又会和我一样有趣了。我不能眼睁睁地看着你这样的人如此伤心。我承认，我确实不了解什么是最强烈的快乐，但——相信我——如果我要用那么多的痛苦换取这种快乐，就像你那样，我宁可永远都不知道它是什么滋味。"

佩卡回答说："你就是个头脑简单的小家伙。你不像我们帕拉斯星人身体里面长着坚硬的骨头。我也永远不可能像你那样善变，那么不稳定。你也得相信我。"

他们又继续聊了很久。接着，小纳克斯飞到索凡提那儿，告诉他薄膜或许不能有效地抵御蛛网云的侵蚀。

可小家伙并没能成功。

索凡提笑道："那我们就把膜越建越厚，直到它有效为止，只要它是透明的就行。你大概是想要劝帕拉斯星人放弃建塔的计划吧，我看你是被佩卡的眼泪打动了。你听我说，我们珍惜每一个帕拉斯星人，正是如此，我们才比任何人更珍惜我们自己的想法。开弓没有回头箭。不论发生什么事，我们想什么就做什么。我们不畏惧眼泪。但凡我们认定了某件事，我们就一定会将它完成，我们不会改变主意。我们不像你们拥有如此善变的身体。我们不能今天想要这个，明天想要那个。就算是世界崩塌，我们也会永远向一个方向前行。"

"你们可太狠了!"小纳克斯叫道，然后他又飞到列萨本迪欧那儿，想要说服他放弃建塔。可他想不出该说些什么，到最后都没敢张口说半个字。

在比巴那儿也是如此。

索凡提在北部漏斗上方3德国里的地方张开了他的薄膜。然后——它裂成了两半。

索凡提又换上了更坚固的薄膜，可它又一次裂成了两半。

小纳克斯一边把自己变成了一张20平方米的大型薄膜——这是他引以为豪的新把戏，一边对索凡提高声喊道："亲爱的索凡提，你或许可以把我们奎科星人当成保护膜。就算是我们不懂实干家最强烈的快乐，我们也很愿意牺牲自己!"

索凡提笑了，并没有受他干扰。

十天十夜后，索凡提展开了新的薄膜，它经受住了蛛网云的压力。

可是，在帕拉斯星上已经没人欢呼了。这颗星球上的所有人都因为长时间的工作而疲惫不堪，没有人想再听到任何的新消息了。

连奎科星人也没有观众了，他们只好在帕拉斯星人的项链上翻阅那些小书。

第十三章

列萨本迪欧、佩卡和比巴各自在睡袋里自言自语。为了得到更多薄膜，佩卡接到了改造44座基塔结构的任务。改造完3座后，他声称要把整颗帕拉斯星都改成晶体结构。连他的朋友拉卜和马内西都不同意他的观点。经测算，索凡提指出，佩卡再用一百年也无法制造出列萨本迪欧塔所需的薄膜。大家陷入了绝望，不过纳克斯想出了一个解决方案。

夜幕降临，帕拉斯星再一次被蛛网云覆盖。列萨本迪欧躺在北部漏斗一道幽深的山谷中一片长满菌类植物的原野上。他感受到自己的气囊在背后自两侧张开，在他头上一米半的地方缓缓合拢。他嘴里叼着一根气泡香草，他左侧的手臂像电流般闪烁。巨大的闪光气泡升到了气囊的顶部。从他长着细小橡胶牙齿的口中吐出的气泡缓慢旋转着向上飘升，颜色一直变化着，看上去既像贝母，也像肥皂泡。气泡到达气囊顶部后仍不会破裂，依然不停地变换着色彩。

"我们终于又向上走了一步，"列萨本迪欧用几乎听不见的声音自言自语道，"已经3德国里了。我都快不记得我们为什么要做那么困难的事情了，我想其他人大概也都快忘了。我们并没有将自己的意愿放在首位。我们星球的伟大精神指引着我们，我们只不过看似拥有自由意志。在内心深处驱动着我们的未知是我们最重要的东西。而且我相信，我们的引领者就生活在帕拉斯星高高在上的头部系统中，在日夜遮蔽着我们的云之间，在庞大的云上面，甚至在被束缚住的彗星上面——这就是我们夙夜追寻的东西。我们正是为此不懈地造塔。这与艺术再没有任何关系，而是其他更难以理解的东西。深入了解伟大者只会让我们变得更好，我愿意彻头彻尾与他成为一体。或许我死的时候会与其他帕拉斯星人不同，当我变得虚弱而透明的时候，上方的他，那个强者会来带我走。我们快要死的时候会变得透明。但我相信……"

列萨本迪欧睡着了，他梦见了一个巨大的太阳系。那是一个由几百万根橡胶绳组成的整体，它们不断散开，又不断聚拢。他不知道，这些绳子究竟是想散开还是聚拢。可是，它们不停地做着往复运动，并因此创造出了一种精妙的弦乐。接着，有几根弦断了，发出了响彻整个空间的沉郁嗡鸣。在断弦的后面突然出现了几个长着长腿的绿色蜘蛛状生物，它们很快也变成了橡胶绳，忽而长，忽而短。

列萨本迪欧做梦的时候，佩卡就躺在离他不远的地方。他也在睡囊中抽着气泡香草，同时大声地自言自语："现在我们需要薄膜。因为这种薄膜只能在光滑的石头表面生长，那我就有机会用我打磨过的石头建造巨型的地基了。我会以自己的方式做些什么——但做不了许多，这我也知道。我一定可以做些什么，因为大家需要我。可这样的话，我的晶体法则，这空间与层面上的韵律，这建筑构造上的艺术都无法在帕拉斯星上得到充分的发挥。可是，这座塔并不是艺术品。漏斗上的这座塔是一座单纯的功能建筑，和一座桥或是一条带状轨道没什么分别。建筑学讲究的是紧凑二字，这门学科里从没出现过这种宛如骨架的形状。在我们星球造出带状轨道的是工程师，他们既不是艺术家，也不是建筑师。而现在建设高塔的是像戴克斯与努瑟这样的工程师，他们也不是艺术家，更不是建筑师。这是完全矛盾的两个方向，我看不出两者有任何达成共识的可能。一方总会扼杀另一方。我想出来的东西一定会被这些工程师扼死在摇篮里。我必须保持冷静。可我做不到。我会被自己的世界摧毁的。现在，他们给我分配了一些不重要的任务分散我的注意力，使我平静下来。但我不能只活在幻想里。这算不算是一种软弱？我或许十分软弱——不可能啊……这么说来，我的固执岂不也是一种坚强？哦，谁能把一切都统一起来啊，矛盾的东西实在太多了……"

佩卡也睡着了。他梦见了一颗宝石太阳，它炫目的光束照亮了遥远的宇宙。

此时，比巴也躺在离北部漏斗外侧边缘不远的睡囊里，那儿离神秘莫测的蛛网云仅咫尺之遥。比巴响亮地说："我们的一生要承受多少难以理解的事情！中央的太阳吸引着我，帕拉斯星的头部系统吸引着列萨本迪欧。可是，这种吸引力到底是什么？在我们的太阳系里，为什么会有像这样看不见的线把种种事物连接在一起？而为什么又有那么多一再折返，始终无法到达目的地，却依然不懈地向吸引着它的东西靠近的东西？一切都让人无法理解。列萨本迪欧现在肯定已经确信，他很快就可以与帕拉斯星的头部系统成为一体。我却不相信我能够立刻就和中央的太阳合二为一。这大概还要几千万年吧！可能永远都不会。但帕拉斯星人应该继续建这座塔，不然我们永远都触碰不到蛛网云，它的斥力比引力大许多。只有借助塔，我们才能接触到它。或许我们是在为这颗星球进行艺术上的改造，或许一切与艺术毫无关系，又或许是这颗星球在召唤我们建塔，这样它的上方就会产生些许变化。"

比巴现在也睡着了。他梦见了一个从天而降的、巨大的蓝箱子，里面突然蹦出许多大大小小的动物与色彩斑斓的石头。

第二天，索凡提来找佩卡，请求他用巨大光滑的结晶状石料建造一些地基。佩卡不是特别乐意，但他还是答应了。他在44座基塔中选了3座，为它们打造了庄严宏伟的墙基。

"那实际上只是些装饰性工作，"佩卡说，"纯艺术的理念在这儿不管用，现在的这一切只不过是为了造膜。这是个实用主义至上的地方。纯正的、毫无野心的建筑艺术中那种空间及平面之美是没有办法在此地展现的。"

一开始，所有帕拉斯星人还很愿意接受佩卡的想法。可佩卡很快就贪得无厌起来。他的理念是把整个星球变成一个结晶状的多面体。佩卡说他无法忍受不规则的形状。他一遍又一遍地重复这句话，最后连他最好的朋友都不胜其烦。

马内西说："从艺术上来说，对秩序的狂热是完全有理有据的。但是，从我们星系展现出的特征来看，这种秩序是具有不对称性的。佩卡想把空间与平面全部打造成对称的晶体，这只是其中的一个角度。可从我喜欢的园林艺术角度来看，这座乏味的基架巨塔比僵硬的边边角角看上去和谐多了，起码塔上棱角和圆弧的比例是对等的。"

拉卜对此自然是万分同意。拉卜在所有的设计中首选的都是复杂的曲线，棱角、直角和直线都是他尽力避免的东西。

很快，可怜的佩卡就带着他对秩序的狂热成了孤家寡人，尽管大家都承认他改建的3座基塔构造相当精美。那儿有300米高镜面般笔直的墙壁，许多方正的眺台，精美的悬挑，还立着有千条棱边的柱子。一切都熠熠生辉。薄膜在光滑的平面上长势喜人。露台上光芒万丈。

与此同时，戴克斯、努瑟和索凡提正在计算需要使用多少薄膜，他们立刻意识到需要的量极大。

索凡提说："就算改造20座基塔也无法为我们提供足够的薄膜。如果我们还要按原计划，把这座塔再建高7德国里的话，那要让佩卡把整个北部漏斗都变成晶体，我们才能得到足够的薄膜。这需要的时间实在太长，我们根本活不了那么久。"

所有人都意识到了这一点，而且没有人想再和佩卡一起工作了。

大家都认为，如果没有足够的膜料，建塔的事寸步难行，因为蛛网云会阻碍上方的一切活动。要是只趁云在高处闪耀的时候施工，那整个工程会拖得很久。

因此，帕拉斯星人认为应该放弃已经实施到一半的工程。大家带着遗憾的表情说，这件事实施起来根本是不可能的。

众人为列萨本迪欧感到遗憾。

可是有一天，列萨本迪欧安静地坐在北部漏斗环形山边缘上方3德国里的塔架上露出了微笑。小纳克斯正围绕着列萨本迪欧的脑袋划着可爱的小圈，他看见了列萨本迪欧的微笑。

"嘿！嘿！亲爱的列萨本迪欧！"小纳克斯喊道，"我刚看到你笑了，可下面的人都在同情你呢。你看上去一点都不可怜，反而很快乐。你究竟在想什么？你觉得你和你的塔还有救吗？"

列萨本迪欧说："我还不知道，但我觉得我们已经找到出路了。我笑是因为我们太严肃了，甚至不知道如何自助。我有种感觉，只要放下成见，我们轻而易举地就能解决塔的问题。我相信我立刻就能找到正确的方法。我不得不微笑，是因为我仍旧没有找到正确的方法。"

绿色的群星在紫色的天空中尽情闪耀，光亮的云朵宛如幽魂的眼睛。

纳克斯像个可以滚来滚去的小球坐在列萨本迪欧肩头，他的身体就像一条固定在列萨本迪欧身上的小型吸盘足。纳克斯用小眼睛四处观察，伸出他的喙低语道："那就反过来造啊，往北部漏斗的中间造不就得了。这样你们只要建一座很窄很窄的塔，不就不需要那么多薄膜了？这个问题在我眼里很好解决。"

列萨本迪欧又笑了，若无其事地说道："你看！你不是找到办法了！就是那么简单。可我不得不再笑一次，因为我们所有人都没想到这一点。这办法显然可行。而你，小纳克斯，你现在应该到下面去庆祝一番！你的主意非常简单，可来得正是时候。我们连如此简单的解决方法都想不到，因为我们被太多阻碍我们找到正确答案的东西困住了，多少次都是这样！我们对待这些问题，就像对待神秘的云一样——永远都无法找到答案。要是我们能接近目标，一切都不是问题。我们就要接近它了！来，小纳克斯，抓紧我的项链！我们要下去为那些疲惫的灵魂注入新的勇气。是你给了我们新的勇气，是你帮我们找到了伟大的东西，小纳克斯！你记住，你可不要太得意忘形呀！"

小纳克斯笑了。随之，列萨本迪欧飞身一跃，像箭一般向下俯冲，在空中缓缓地划出一道巨大的抛物线，一直延展到漏斗深处。

到了下面，列萨本迪欧把纳克斯的话复述了一遍。帕拉斯星的整座北部漏斗中都回荡着响亮的笑声。难题的解决方案竟如此简单明了，大家都久久无法平静。

索凡提恼怒地说："我觉得是这个宏大的工程把我们弄糊涂了。我们肯定是变笨了，现在好了，我们在聪明的奎科星人面前哪还抬得起头。他们肯定要大肆嘲笑我们了。我觉得这真的很可悲。"

此时，纳克斯大喊道："我觉得这一点都不可悲。我们只是做了一点点有用的事，你们却要因为这个责骂我们？帕拉斯星人可真不友好。"

小家伙做出要哭的样子，他抽泣的声音听起来很刺耳。

许多帕拉斯星人跑了过去，想要安慰小家伙。可他抽泣得更大声了。

此时，列萨本迪欧道："纳克斯，快笑一个!"

小家伙突然就不哭了。他小声地说："我根本没哭，我就是做做样子的，我一直就是在胡闹而已，可我就只会这个。"

此话一出，拳头大的小家伙把大家都逗乐了。

第十四章

本章首先介绍了无线电波在帕拉斯星上的运用。接着，纳克斯提到了一颗碗形星球以及它的引力中心。众人在距帕拉斯星3德国里高的地方进行了引力测试，测试表明，引力中心已经向上发生了偏移。如此一来，人们就可以轻松地借助起重装置将3德国里高的基塔搬运至上方，而塔也能够在短时间内轻松完工。比巴与列萨本迪欧探讨土星环上的关系，最后，他提出了小行星环的概念。比巴认为帕拉斯星上方的蛛网云与这个环状系统之间存在关联。于是，大家决定趁夜幕降临时，透过索凡提的薄膜仔细观察上方的云层。这暂时还没能成功。

在建塔的过程中，众人很快就发现他们需要一种快捷的沟通方式。约定俗成的几个信号已经不够用了。因此，帕拉斯星人采用了一种只有他们自己能够理解的无线电报式信号。他们利用身体带电的特性创造出了一种类似接收器的东西。他们能将头皮变得像一把撑开的雨伞，这样，他们的头皮就能接收电波。这对帕拉斯星人来说一点都不困难，因为他们身体的各个角落都能够发光。

纳克斯的建议自然也以这样的方式在帕拉斯星上广为流传。连续三声短促的爆破音代表接下来即将播报大家可能都感兴趣的新闻，想听的人立刻就能听到最新的消息。这样一来，就再也没有印刷报纸和影印杂志的必要了。北部漏斗上建起了10座能够传送电波的电站。大家都可以理解所有波值。

在塔的施工现场，一声爆破音代表警报。

自从众人一致同意转换塔的方向，往漏斗中心的方向继续施工之后，所有帕拉斯星人都开始积极地思考该如何实施这一计划。动不动就能听到三声连续的爆破音。大家久久地坐在北部漏斗的上方，张开头皮倾听别人的想法。大家提出了各种各样的假设。

所有人一致同意先从3德国里高的塔下手。只要将这座由44座基塔支撑起来的建筑进行翻转，完成后再用起重装置将其旋转到水平位置即可。

现在唯一的问题是，最后怎么把新塔的塔顶重新组合在一起。

属于年青一代的邦比姆巴一直是戴克斯的得力助手，他帮助戴克斯处理一切有关卡迪蒙钢的工作。他说："到目前为止，最不受欢迎的就是塔顶的焊接工作。如果我们现在就打造出44根长3德国里、向下悬挂的支柱，到时候就能轻松许多。我们还应该在下方打造一个能固定住44个角的环。不过我相信，这一点我们还是可以做到的。如果我们可以用起重装置将44根长3德国里、向下悬挂的塔柱运到上面，就一样可以利用钢丝绳把有44个角的环运上去。"

戴克斯觉得这个主意很好，但他想再考虑一下。这时，列萨本迪欧和比巴带着小纳克斯赶到，5个人在一座努瑟塔上商量建塔的事情。当戴克斯拖泥带水地介绍并解释着重量的计算方法时，小纳克斯突然喊了起来："我刚想到了一件非常重要的事！在奎科星上，我们曾用我们的水母镜片观测到一颗碗形的小行星，我们在那颗星球上看到了一个非常奇特的场面。那颗星球长得像一个碗，碗中心住着该星球的小个子居民。我们看到有一些小人儿从碗的边缘爬出来，接着他们突然全部掉到了外面的宇宙空间里。我们当然同情那些小人儿，可我们无法解释接下来发生的事。我们看见，所有从碗中掉出来的人并没有突然坠入大气深处，反而像钟摆一样在各个方向来回摆动。然后，碗边缘处抛出了许多绳子，径直地向掉出来的人飞去。他们抓住了绳子，又从碗缘被拉了上去。"

纳克斯不说话了，伸出小小的喙摇摇晃晃地飞到空中，变出一对帕拉斯星人的翅膀绕着4个帕拉斯星人的脑袋转来转去。比巴笑着说："这个小家伙又想出了一个好主意。他只是想通过这个故事告诉我们，你根本不知道你受何处的引力影响。所以，我们现在的首要任务是研究我们帕拉斯星的引力中心是否会因为这座3德国里高的巨塔而发生偏移。或许搬运它要比我们想象的容易得多。"

列萨本迪欧展开50米高的身体，喊道："那我们现在就开始研究。"

5个人立刻冲到最近的无线电波站，发送出三声巨响并通知所有人，首先应该测试帕拉斯星上方的吸引力。

几分钟后，几乎所有的帕拉斯星人都搭乘高速的绳轨赶到了塔高处的环上，大家坐着等待比巴发话。比巴说："你们应该跳下去试试。"大家真的这么做了！所有人用尽全力跳了下去。大家径直向漏斗中央的方向俯冲，没有一个人沉下去。然后，众人在空中划出了许多缓缓向下降落的抛物线，接着，他们飞行的速度变得越来越慢。比巴发现，星球的引力中心确实有所偏移，可他无法确认它的具体位置。飞近漏斗中央时，宛如树干般僵硬的飞行员们缓慢地转到一侧，接着又飘了回来，转回了环形山的上方区域，甚至都不需要用到翅膀。

这时，此起彼伏的欢呼声响了起来。很明显，要把这座3德国里高的钢筋塔运上去不会很困难。

塔很快就可以建好，运输工作也会非常轻松。

这让列萨本迪欧喜极而泣。

戴克斯说，他现在立刻要在每座基塔正下方的两侧各安装两根坚固的栏杆，这样就不需要再打造那个有44个角的环了。

一年之内，3德国里高的斜塔就完工了。帕拉斯星人没有把它造得完全垂直于水平线，而是稍稍有些歪斜，结果整座塔的高度快要接近4德国里了。

这一次的工作相对轻松，竣工后大家没有明显的脱力感。可所有人一致认为应该先好好休息一阵。没有人反驳。许多帕拉斯星人回到自己的工坊里继续思考如何进行下一步工作。

年轻的帕拉斯星人成群结队地来到塔的高处试飞。可惜的是，蛛网云遮蔽了一切，他们不得不就此罢休。因为云依旧阻碍着他们的脚步，塔的高处依然噼啪作响，时不时还迸发出火星。

有一天，列萨本迪欧与比巴坐在塔顶最后焊上去的环上，下面是44根塔柱中的一根。两人凝视着绿色的群星，紫色的天空与神秘、发光的云层让他们十分快乐。

比巴说："我们居住在这颗小行星上，对它的规律性却所知甚少。我们不断地在不同的小行星上发现新的、奇怪的引力关系，它们却似乎完全不把彼此当一回事。这当中一定隐藏着什么共同规律，这可能会是一项艰巨的任务。"

列萨本迪欧焦急地说："你总是在想那些宏观关系。你的眼里总是看着整个太阳系里的所有星球。可就在我们身边还有解不开的谜呢。"

"你先等等！"比巴说，"我们可不能把帕拉斯星单独列出来看，它也是整个系统中的一员。而且，这个系统里的所有小行星一定都是紧密相关的。你不可以轻而易举地把整体抛诸脑后，不然你会连最近的东西都无法理解。你不觉得，我们对自己星球的引力关系还不够了解吗？我们总是把这种引力关系当成是莫大的奇迹。从前，如果我们从中枢孔向星球中心扔一块石头，它几乎会穿过整颗星球，最后出现在南部漏斗的内壁上。而现在——我最近才试了好多次——要是再往里面扔石头的话，它再也不会穿过整颗星球，总是在中枢孔的内壁就停住了。这难道不奇怪吗？"

"可这和其他小行星有什么关系？我觉得这和我们高塔上的卡迪蒙钢有关。"列萨本迪欧问。

"要不就是云的问题！"比巴答。

两人沉默了半晌。

然后，比巴开腔道："如果想要解开这个谜，我们必须先弄清楚其他小行星上是否也存在类似的情况。我们发现，帕拉斯星的头部系统与躯干之间有一种牵引力。头部想靠近躯干，或是躯干想靠近头部，整个系统的中心都会因此发生改变。不过我的意思是，每一颗小行星上都可能会发生这样的事。我有这种感觉。你也知道那颗被地球人称为土星的巨大行星，它就拥有一个十分规律且声势浩大的环状系统，几百万颗小型星体在环中盘旋。这个小行星环会不会也希望紧密地聚集在一起呢？帕拉斯星的头部与躯干就想紧密地靠在一起。难道这不表示着，其实所有的小行星都希望聚集到一起吗？只不过现在它们距离彼此的轨道还太远。地球的周围也有一圈小型星体，在太阳的附近我们也能见到类似的景象。即便这些星星的体积很小，它们依然组成了土星之环，那我所说的这个小行星之环只不过是比其他的环大几千倍罢了。但毫无疑问，只有一颗硕大无比的星球才能拥有此等无可匹及的力量。土星、地球以及其他许多星球的太阳与我们的太阳都是同一颗。它以这种方式与其他太阳相互吸引，因而产生了难以想象的生命能量。它们一直彼此吸引——我说的当然不是石头与我们漏斗壁之间的那种吸引。与此同时，中央的太阳与其他星系的太阳还保持着一定距离，这样它们之间就不会发生碰撞。我们也发现了围着大一些的星球旋转的小型星球，我们把它命名为月亮。它与较大的星球总是保持着一定距离，可这些小型星球之间的距离总是很近，就好像土星、地球与太阳的环形系统似的。小行星也应该形成一个这样的环形系统，至少它们有这个能力。所以——你先别急，让我说完——我们必须了解我们与头部系统之间的关系。换而言之，我们必须进一步了解蛛网云。"

"可这也太费事了！"列萨本迪欧大喊。

比巴接着说："你可别小看我这番费事的讲话。你好好想想，如果你希望与帕拉斯星的头部系统合二为一，你必须得知道这个头部系统首先关注的是什么。除了我们这个躯干，这个古怪的头部可能还想与其他小行星连为一体。这是我的看法。"

"我会仔细考虑的，"列萨本迪欧立刻答道，"谢谢你。你的视野很开阔，非常开阔，你比我看得远多了。我总是只看到眼前的东西。但我希望，我很快就会有所改变。无论如何，我们先要把覆盖着薄膜的带状轨道造到比我们星球高4德国里的地方去。"

比巴答："这是自然。但别忘了后面的事。我们现在到索凡提那儿去一趟，让他帮我们把上面的带状轨道铺上薄膜。我们之后还要透过这层薄膜观察蛛网云呢。"

两人拜访了索凡提。带状轨道按原计划完成建设。现在，就算云从高处降落，夜晚来临，帕拉斯星人也能够在上面停留了。

可建完4条这样的轨道后，众人才发现薄膜的透明度不够。他们虽然可以透过薄膜观察到异常活跃的蛛网云，但是看不清它具体的组成部分。有人尝试用探照灯把它照亮，可这并没有什么用，它在光线照射下变得异常僵硬，就像是冻僵了似的。在灯光下，云的组织变得死气沉沉、毫无生机，就算是熄灭灯光，它也没有一点想要运动起来的意思。

于是大家请求索凡提制造出完全透明的薄膜。可是，这要花的时间实在太长。戴克斯建议先把轨道建完再说，好让索凡提不受干扰地继续进行实验。

比巴说："很明显，这些云的组织是有生命的。但让我特别好奇的是，它们是如何维持生命的。或许，生活在我们的头部系统上的生物就是由这种生机勃勃的组织组成的。"

如果能通过这座塔揭开巨大的、发光的云后面的秘密，就连佩卡也必须承认建这座塔不是白费力气了。

第十五章

佩卡、拉卜与马内西进入了一种忧郁、听天由命的状态。他们哀叹，一座实用建筑扼杀了星球上所有的艺术追求。此时，塔的新一层已经完工，整座塔现在已经有5德国里高了。而且，最上层的环的直径只有6德国里。众人发现，发光的云是由无数长着小脑袋的生物组成的。帕拉斯星人想让奎科星人与他们沟通，这一尝试并未成功。因此，戴克斯不想再继续造塔了。可索凡提说，他已经生产了足量的薄膜。戴克斯有些回心转意，请求大家再给他一些考虑的时间。

有一天，佩卡、拉卜与马内西坐在离帕拉斯星中枢点不远处的小型模型塔的顶端。三个人安静地坐着，抽着气泡香草望着高处。他们的下半身盘在卡迪蒙钢柱上，像三只叠起来的螺丝钉。他们的上半身倚在下半身上，软体动物般的棕色皮肤上的黄色斑点在蛛网云的照耀下熠熠发亮。他们就这样坐在那儿，沉默不语地抽着气泡香草，抬头看着崭新庞大的塔楼。

"我们不是很开心！"过了好久，拉卜才开口。

又过了好久，佩卡才回答道："我们确实什么事都做不了。"

三个人一个劲地抽着气泡香草。他们身边出现了几千个硕大的气泡，慢慢地升上天空。气泡就像地球上的肥皂泡那样斑斓多彩，闪烁着乳白色的光芒。

马内西说："我其实没有可抱怨的理由。装饰上方这个基架的任务肯定会落在我头上，我会把园艺艺术带到每一根巨大的钢丝缆绳上。植物根部所需的营养物质可以装入悬挂的钵中。一切皆有可能。上方的脚手架可以摆成美丽的花束形。可是，这要等到什么时候呢？眼下肯定是想都不用想。现在，上面总是亲爱的戴克斯说了算，为了揭开生命之谜，他一心想要把塔往高处建。钢塔建完之后，索凡提又要接手，给塔安装薄膜。人们已经很久没有想到我了。排在我前面的还有努瑟，他要负责把塔做成灯笼的形状，这又会花许多时间。我根本不知道我什么时候才能开始做我的东西。如果上面的几千根脚手架都交织在一起的话，那就有大麻烦了。我可没办法再经历一遍这样的情景了。"

"可是，"佩卡焦急地喊道，"我早已经是个多余的人了！我根本没办法在这些钢筋上弄出结晶的形状。"

拉卜说："我们还是得好好计划。我甚至觉得，那个脚手架根本都搭不起来。它会把上面发光的云遮蔽起来，这样我们帕拉斯星上再也不会有正常的白天了。"

"我们还不知道云上面会出现什么呢，"马内西疲倦地说，"我不相信这座塔能够如此轻易地穿过云层。"

拉卜说："纯艺术的东西在帕拉斯星上已经不再有人在乎了。戴克斯不让我在基架上安装圆形和不规则弧形装饰。他说，他不想让基架承负太多重量，所以我不能在杠杆的连接处安装塑料装饰。卡迪蒙钢的负重能力没有那么强，他总和我强调这一点。我想他大概觉得那些连接处的植物也太重了。"

佩卡悲伤地说："我们已经是帕拉斯星上多余的人了。我们的艺术计划毫无用武之地。凡是我们能在北部漏斗内壁上安装的东西都会消失，都是无用之物。实用建筑破坏了艺术建筑，对科学的好奇心比艺术创造力重要。我想我撑不了多久了。我的计划已经是过时幻想艺术博物馆里的藏品了。我的思维世界正在逐渐瓦解，因为我已经不再相信我可以在这颗星球做出任何形式上的变动。"

三个人沉默了。他们抽出的气泡慢慢地升到塔的高处，在蛛网云耀眼的光辉中闪烁。

四座基塔上悬挂着指向漏斗中央的支柱，每一根都长3德国里。戴克斯开始将下一层塔建入云间。

这一次施工花费的时间并没有大家想象得那么长。塔的第五层与地面呈55度角，很快就出现在了众人眼前。44根塔柱正下方的左右两侧都安装上了两根短柱，各与塔柱呈90度角；待所有的塔柱安装完毕之后，这些短柱形成了一个有44个角的环。这个环完全称不上大，直径只有6德国里，帕拉斯星人可以轻松地从一侧飞往另一侧。当然，所有的工作都是在白天完成的。到了晚上，蛛网云会沉到塔第三层的位置。

现在塔已经有5德国里高。塔已经完成了一半。现在众人都相信，主要的工作应该已经完成了。人群中洋溢着欢快的气氛，只有佩卡、拉卜、马内西和他们的朋友格格不入，他们比以往任何时候都更难过，这叫其他人也挺不好受的。

就在此时，索凡提已经兴高采烈地生产出了透明薄膜。虽然产量还不是非常大，但用于观察已经足够了。在为最高处的环上的带状轨道铺上透明薄膜后，对蛛网云的观测终于开始了。

观察室里只能容纳20个帕拉斯星人。第二天夜幕降临的时候，一小群人透过狭小的薄膜窗户，一边用望远镜般的眼睛观察着漆黑的蛛网云，一边把探照灯的光线打入云层中。云的组织又变得僵硬、了无生机，和第一次观测的时候一样。他们把探照灯收起来，试图在黑暗中侦测出一些东西。什么都看不到。然后，他们小心翼翼地在观察站里点亮了一些灯火，逐渐将它调亮。

大家突然在云层中间看到了一些极微小的脑袋，脑袋上长着尖尖的、深紫色的杆状眼睛。

"这就已经够了！"比巴喊道。在4个观察站，他们都观测到了这种脑袋上长着深紫色杆状眼睛的小生物。

观察人员即刻利用无线电波通知对方在下面集合，他们搭乘带状轨道回到塔的第一层。20个人聚集在努瑟一开始建造的、高1德国里的塔的顶部讨论这个伟大的发现。

比巴说："现在我们终于知道，我们的蛛网云不是毫无生机的庞然大物了。我们可以确定，上面栖息着非常精致的生物——或许我们可以从它们身上学到许多东西。不过，我认为云在白天的时候发光与这些娇小玲珑的生物没有关系。这些光芒大概是由我们星球头部系统附近的彗星产生的。至于它是如何产生的，我们还不了解——我们不了解的事情还有很多。我们生活在一个充满谜团的世界里。但我们也完全没有着急的必要，因为世上的谜题实在太多。如果一下子把它们全部解开，我们一定也没有办法承受铺天盖地的新现象。我们当下经历的这些已经足够了。要不是我们天性古板，我们肯定已经承受不住了——引力中心位置的变化已经足够令人惊讶的了。精细云组织的小脑袋和深紫色的杆状眼睛比以往任何事都更叫人吃惊。无论如何，我们对建塔这件事没什么可抱怨的，是巨塔带领我们进入了更高的大气。我们现在想知道，我们能从这些小脑袋、紫眼睛的生物身上学到什么。或许它们比我们大家都聪明。要是真的如此，我也一点都不吃惊。"

此时，列萨本迪欧突然打断道："我们头上那个彗星系统才是重中之重。我们能从它那儿学到的东西肯定要比从那些小生物那儿还要多！"

"这可不行，"戴克斯说，"列萨本迪欧都快丧失理智了。他只想让我们继续把塔造下去。可我们现在已经取得成果了，我们要先把它研究透彻才行。列萨本迪欧，你的内心充满了不安，这会让我们也很着急的。"

"抱歉！抱歉！"列萨本迪欧道。

无线电波站启动了。沉闷的爆破声在夜空中轰鸣，所有帕拉斯星人都朝着无线电波站的方向张开了头皮，聆听他们的新发现。

大家都疯狂地穿过北部漏斗，冲上塔顶，所有人都想一睹小生物的真容。大家都兴奋地谈论着如何才能与小生物交流。此时，人们自然立刻想到了奎科星人，他们想让奎科星人先去一探究竟。纳克斯很乐意上去试试，但他也立刻表示，这听起来像是个不可能完成的任务。

不过人们还是将之变成了可能：他们把纳克斯安置在一

个薄膜制成的气泡中放入云层，还用以钢丝加固的长缆把透明的气泡与受到薄膜保护的观察站拴在一起。这样，如果气泡受损的话（对于纳克斯拳头大的身体来说，气泡的体积很可能过于庞大），纳克斯依然可以利用缆绳轻松返回。另外，纳克斯的薄膜气泡也以做工精细的缆绳加固。

纳克斯把自己的身体变成了绳子的模样，变出了一颗小小的脑袋和一双长杆状、闪闪发光的眼睛。观察站里一片漆黑。一开始，众人只能看见小纳克斯的杆状眼睛闪烁着浅红色的光。过了一会儿，从云层中钻出几百颗小脑袋。长着深紫色杆状眼睛的云中生物小心翼翼地把身体靠在薄膜气泡的外壁上。于是，小纳克斯开始变形，把身体变成了螺旋状，甚至把一只眼睛也变成了螺旋形。气泡外的小脑袋在周围飞来飞去，似乎在热烈地交谈着。可没多久，它们立刻就消失得无影无踪。

纳克斯现在想去哪儿就可以去哪儿。刚才的小脑袋不见了——只要奎科星人一接近，蛛网云就以一种充满恐惧的方式躲避。接着，连云的组织也开始收缩。最后，一切都消失了。

实验连续进行了五天。每天纳克斯都坐在崭新的气泡里，他却没能得到什么新收获。

帕拉斯星人都说："我们应该放弃！这些小家伙们胆子

太小了！"

实验停止了。

列萨本迪欧对戴克斯说："你说我丧失理智，可我觉得，我们最好还是继续造塔。只有到了上面，我们才能见到最重要的东西。我们既然已经造了一半，就没有半途而废的理由。我们无法进一步深入了解蛛网云不正说明了我们应该继续造塔吗？"

"你说得轻松！"戴克斯高声说，"可你知道我要干多少活吗！我不得不告诉你，我已经快要到极限了。"

"那我们就等到你恢复为止！"列萨本迪欧说。

这时，比巴赶来劝慰戴克斯。

可最后，戴克斯说道："我觉得奇怪的是，实际上，我们根本不知道自己为什么要干这么一件兴师动众的事情。一开始，我们想要为我们的星球增添艺术色彩，让平面与空间充满节奏感。然后，列萨本迪欧突然从奎科星杀回来，告诉我们，发光的云上面肯定存在着我们星球的头部系统。奎科星人也证实了他的说法。于是，我们突然就被这个彗星似的头部系统吸引，开始造塔。可现在，所有人都不想再继续下去了。是，我们现在确实知道我们的云是由生物组成的。可它们不愿意接近我们。那我们的新发现又算什么？要是我们真的到了上面，和我们的头部系统面对面了，会不会也发生

同样的事情？我们甚至不知道，在这个彗星般的头部系统上
是否存在着与我们星球相匹配的东西。就从目前我们的成果
来看，我们还能对上面抱什么希望？各方面都在给我施加压
力，这让我不再想把塔建下去了。我们应该重新把艺术计划
拾起来。佩卡、拉卜和马内西的事情让我很不好受。大家都
不想干了。我不想让那些不情愿的人失望——起码，我本人
已经不知道我们还有什么继续的理由了。"

此时，索凡提来了，告诉三人他现在终于造出足够多的
薄膜了。如果塔的直径不超过半德国里，那他薄膜的覆盖范
围可以达到4德国里高。

戴克斯一言不发。

可经不住三人焦急的恳求，他只好说他还需要时间
考虑。

比巴说："我们不该灰心丧气。戴克斯很快就会意识到，
中途放弃一个如此宏伟的计划是多么不理智。"

列萨本迪欧与索凡提立即表示同意。

第十六章

比巴又和列萨本迪欧聊起了发光的蛛网云。当它下沉的时候，北部漏斗边缘地带的所有山峰都闪耀着磷火般的光芒。这一胜景几乎把所有的帕拉斯星人都吸引到了高处。为了不给塔增加太多负担，马内西与拉卜想在引力中心悬挂一盏巨大的鲜花指示灯。计划实施得很成功。于是，这座塔成了灯光庆典的中心。一颗彗星掠过，照亮了夜晚的蛛网云，这让帕拉斯星的夜晚变得与白昼一样明亮。这一奇异的景象让戴克斯决定继续造塔。纳克斯想家了，他还想去地球。比巴告诉了他一些木星上重要的事情。

三天后，比巴与列萨本迪欧来到位于北部漏斗边缘处的一座努瑟塔。两人坐在地基上一块被打磨得十分光滑的长方形岩石上——那是佩卡为了生产膜料而安装在那里的。

两个帕拉斯星人的吸盘足牢牢地吸附在光滑的石块上，他们的身体因而能够轻微地前后摇摆。向前摆的时候，他们能看见北部漏斗宏阔的山谷区域；向后摆，仰起头的时候，则能看到高耸的塔。上方发光的云已经变得斑斑驳驳，它立刻就要降下来了。

比巴不紧不慢地说："你不能责怪戴克斯的犹豫。其实这整座塔都是你的跳板。亲爱的列萨本迪欧，你要知道，整座塔都是为你而造。是你想要和帕拉斯星的头部系统成为一体，是你不想再与其他帕拉斯星人为伍，是你想要到那个巨大的彗星系统上去，也是你想要成为一颗彗星啊。"

"我是这么想的吗？"列萨本迪欧轻声问。

比巴点点头，他脸上的一千条皱纹都在发光。

发光的云沉了下来，颜色也变得越来越暗淡。可与此同时，北部漏斗边缘地带上的所有山峰都焕发出磷火般的光泽，高耸的峰尖甚至喷溅着火星。这样的景色持续了好一会儿，所有帕拉斯星人都看到了这一幕，大家成群结队地来到巨塔上观看。

所有人都在热烈地讨论这个全新的奇观。很久都没有人愿意回到长满菌种的草原上休息。

大家自然把这一奇异的景象与云中的小脑袋联系在一起。这些生物无疑是有像绳子一样细长精美的身体，可没人清楚它们的具体结构。大家都认为山顶上的亮光是胆怯的云中生物的回应，却没有人能理解那是什么意思。

现在，这一回应让所有的帕拉斯星人只想待在巨塔上了。南部漏斗已经很少能看到帕拉斯星人的踪影，连北部漏斗的下方也很少有人出没。只有到了想睡觉的时候，众人才会回到位于南北部漏斗的草原上。连中枢的索凡提音乐也被人抛在脑后。人们甚至还在努瑟塔上装上了新的探照灯时钟，因为在上面看不见安装在漏斗深处的钟。

"对列萨本迪欧塔的兴趣又回来了！"比巴说。

列萨本迪欧点点头，神色变得非常严肃。他悲伤地说："我是不是要求得太多了？你先前已经猜中了我的心事。是的，你说得一点都没错，我想变成一颗彗星。可是，这话我大概是说不出口的。与我们生命伟大的引领者合二为一，这是不是一个过火的念头？我还不知道这到底可不可能。"

"对我来说，"比巴立刻答道，"这确实可能有些过火。但是，我希望你能做到我做不到的事。别忘了，最勇敢的人运气也最好。而最聪明的人很难获得好运气，因为他们目光太短浅，想得又太复杂。你不应该那么心事重重。"

"你是想让笨人当先锋吧。"列萨本迪欧轻声说。

"亲爱的列萨本迪欧，我想让勇者当先锋。我并没有说，勇敢的人一定笨。但我又要强调，勇者不一定要是最聪明的那一个。你可别胡思乱想。"

列萨本迪欧回答说："我不会的。我也从不觉得自己有多聪明。我只是一直被未知的力量所驱动，向高处行进罢了。所以你才更要全心全意地让帕拉斯星人越来越珍惜这座高塔。要是戴克斯看到大家都很享受塔上的日子，他一定会回心转意的。"

"好！这就好！"比巴答道，"我已经尽了我最大的努力。我刚印了一本详细分析帕拉斯星人翅膀数据的小书。此外，我还拍摄了一些在塔前看到的宏伟景象。小纳克斯做了一张传单，说基塔上面的那条绳轨缆车飞得像彗星那样快。现在，每座塔的高度已经达到了9德国里[①]。倾斜的塔给人带来了前后不一的、新奇的观赏角度。而到了白天，乘坐速度较慢的带状轨道缓缓上升也是一种艺术享受。帕拉斯星人会重新拾起建塔的信心的。"

"谢谢你！"列萨本迪欧柔声说。

比巴急切地继续说道："我已经提醒过戴克斯，让他在运输下一层塔的钢筋的时候最好能用上已经固定在塔柱上的滑轮。实际上，我们只在带状轨道中使用滑轮系统。在施工的时候，我们应该更加频繁地使用滑轮，我不知道为什么我们之前都没有这么做。我总有这么一种感觉，最聪明的人反而看不到离他最近的东西，还总是把事情弄得格外复杂。我开始同情这些聪明人了。"

"我也经常这么想！"列萨本迪欧说。

---

① 此处原文为"9德国里"，鉴于后文信息，此处作者系笔误。

两人飞快地向上方飞去，飞到许许多多帕拉斯星人飘浮着的地方，这让比巴不禁莞尔。

"你看我那本小书的影响力有多大！"比巴大喊。云的光芒十分耀眼，马内西和拉卜听到了比巴的声音，赶忙来到他身边，兴奋地翕动着头皮。

马内西惊异地说："我们还没有在引力中心布置任何东西呢！这难道不奇怪吗？"

列萨本迪欧突然笑了起来："那你觉得我们该怎么布置？"

拉卜说："现在，连很重的东西都能悬浮在那里——比如说我们自己。在中央飞翔的帕拉斯星人不会往下沉，那么，挂在缆绳上的重物也不会沉下去了。"

"我知道了！"比巴高呼，"你们是想把马内西的植物挂在那儿，对不对？"

马内西说："我们想在不给基塔增加负担的情况下装饰引力中心。拉卜和我还没能够在塔上安装任何东西呢。我们想在中间挂上一盏鲜花指示灯。拉卜会用巨大的根茎形与弧形，球形与把手形，葡萄形与碗形设计指示灯。你们都明白的，就是拉卜一贯喜欢的那种风格。这盏灯我们自然是要先调试的。绳索我们可以从南部漏斗那儿挪一些。我们大概还可以在灯中装入磁铁。这样，它就能变成一座空中飘浮的半岛。我负责设计花的造型和植物的营养供给。你们同意吗？"

"这再好不过了！"比巴喊道。列萨本迪欧也连连称赞。没过多久，所有的帕拉斯星人都通过了这盏灯的提案。

灯的直径大约可以达到300米，这样它就能悬浮在引力中心处，不会对塔造成很大的负担。经过精确计算后，戴克斯对比巴说："其实这灯再重三倍也不要紧。不过，我觉得还是小心为妙。现在，他们至少可以继续在绳索上安心搞他们的园艺了。"

指示灯被固定在8根绳索上。很多帕拉斯星人都在这座飘浮的岛屿周围飞来飞去，还有许多帕拉斯星人坐在灯的边缘下方拉卜用塑料材料制成的精致设施里面。马内西在灯的中央铺上了一块小小的长满菌种的草坪，能供几百个帕拉斯星人在上面沉睡。早上在这儿苏醒的人心情总是格外舒畅。结果，这盏灯成了帕拉斯星的社交中心，人们在这儿也安装上了探照灯。几条直通塔顶的磁力绳轨也建好了。

人们在整座塔上都安装了用透明多彩的索凡提薄膜制成的灯笼。他们没有使用玻璃，因为它太重了。

如此一来，它就与所有的努瑟塔一样，变成了一座巨型光塔。

当夜晚降临，山巅上闪耀的磷光变得更加摄人心魄。

每个夜晚都是一场大型的灯光庆典，除了回草坪睡觉，人们根本不愿从塔上离开。

每晚，睡在指示灯草坪上的帕拉斯星人都不同，很快，几乎所有人都在那儿做过梦了。

从种种迹象上推断，现在继续造塔应该已经不成问题了。索凡提和努瑟一再催促戴克斯，叫他别再拖延了。

可戴克斯的态度依然很消极，甚至不想谈这个话题。

就在这时，突然发生了一件让他回心转意的事。一颗巨大的彗星出现了，它掠过帕拉斯星的天际。不可思议的事情发生了，夜晚云层下降的时候，天空没有像以往那样变暗。彗星的光辉照亮了云的一侧，夜晚几乎与白天一样明亮。

众人立即从中得出结论，在云的尽头为帕拉斯星贡献光芒的只可能是彗星——一颗被束缚住的彗星。

此时，许多帕拉斯星人都要求戴克斯继续建塔，他无法继续回绝这样强烈的意愿。

于是，戴克斯决定，塔的下一层高约3德国里，依然要以55度的夹角进行建设。

列萨本迪欧非常高兴，他总是和比巴待在一起。两人谈论的话题一直围绕着高处的巨大彗星，说它是不是因为想接近太阳而缓缓向帕拉斯星靠近。

比巴又提到了太阳与那个巨大的、类似于土星之环的小行星环。

比巴对列萨本迪欧说："你的任务就是把小行星聚集在一起。它们必须得步调一致，至少要像我们帕拉斯星人那么团结一心。"

"你把佩卡给忘了，"列萨本迪欧答道，"我们可没有那么团结。再说，我们也不应该实施这个大得过分的计划。"

比巴继续说道："我有那么一种错觉，既然你能够为了使你自己与帕拉斯星的头部系统成为一体而表现得如此勇敢，那么你一定也可以用你的精神力影响这个头部系统。你可能会迷失在上面的巨大空间里。你的知觉会完全消失，然后你或许会失去一切。你也有可能会自给自足地留在那儿。那你就可以把所有的小行星都聚集在一起了。难以撼动的彗星系统带来的这种共生一定能让你体内的巨大能量得到充分的发挥。"

列萨本迪欧答道："我觉得这计划还是太庞大了。我还没有习惯这种思维方式。我总提到的那种为伟大的未知献身的精神，你也是知道的。我必须言出必行。我还不能答应你，至少没那么快。别催我。"

比巴笑了，没有再说下去。

纳克斯告诉比巴与列萨本迪欧他想家了。

比巴说："你可不能走，建塔的时候我们还需要你。"

小纳克斯风趣地说："我还想留在这儿呢。不过，你们得答应我，等事情结束，你们必须派一个人把我送到地球上去。我最近在一本书上看到，地球上的人坚称星球之间是彼此吸引的，就像在他们星球的表面能看见的星星那样。我觉得这太滑稽了。所以，我才想去认识认识这些太阳系里最有趣的人，这样我又可以开怀大笑了。你们帕拉斯星人太严肃啦。"

"亲爱的纳克斯，"比巴说，"要是我们中间有人想去地球的话，我一定让他捎上你。不过我觉得，你所说的滑稽一点儿也不滑稽。另外，就算地球人的说法是错误的，听起来也不是完全没有依据。被地球人称为木星的那颗星星对太阳黑子周期的影响就是不可忽视的。太阳黑子的活动周期约为12地球年，而这也是木星绕太阳一周所需的时间。从中你确实可以看出星星之间的关系。"

纳克斯搓搓他的小喙，道："你们总是把好笑的事情说得那么严肃。"

第十七章

　　帕拉斯星人在戴克斯的引领下继续建塔。现在，建塔已不是体力劳动，而成了脑力劳动。佩卡累了，他的身体的一部分已经变得透明。他让邦比姆巴去把列萨本迪欧找来，他希望列萨本迪欧吸收他的身体。佩卡觉得，他不如列萨本迪欧那么有行动力，所以没办法和比巴走得很近。尽管佩卡的观点一直都与列萨本迪欧截然不同，但他们的精神终于走到了一起。吸收了佩卡之后，列萨本迪欧变了许多，他变得更加从容了，这让比巴很高兴。戴克斯完成了塔的下一层。直指头部系统的塔将近7德国里高。

　　现在，戴克斯又成了建塔的中心人物。大多数帕拉斯星人都全心全意地帮助他。从帕拉斯星躯干部分挖掘卡迪蒙钢的机器又轰隆轰隆地运转了起来，掘出钢材的时候，它还发出吱吱嘎嘎的呻吟。巨大的锻锤发出陈旧金属钟般的嗡鸣。这一切都是以电力驱动的，看不到一点蒸汽。帕拉斯星上的物质很难转化为气态，以至于帕拉斯星人最终完全放弃了对蒸汽的运用。连把物质转化为液态都相当困难。只有在偶尔制作药物时才会用到液体，而且，只有使用拉卜工坊里的复杂机器才能制造出液体。在帕拉斯星，物质的性质与其他星球上的差异非常大，简直可以说是毫无可比性。住在凝胶状星球上的奎科星人总是对帕拉斯星的干旱程度惊讶不已。

一开始，塔上的工作只对帕拉斯星人的体力有需求。不久以后，戴克斯的几百位朋友开始发明新的机器。接着，工作的重心就转到了如何正确操作机器，以及如何及时修理机器上。最后，所有人关心的就只有如何研发出更有效率的机器了。工作的定义很快就被重新书写，计算量也大大增加了，新鲜的事物层出不穷。体力劳动很快就被脑力劳动所取代。一切都以方便快捷为最终目标。施工时也不再出现意外。

尤其是带状轨道，它被彻底地革新了好几次。没过多久，塔上的轨道就不再空转，轨道能直接在滑轮间互相传送，且每一条轨道都可以反复使用。在钢材运输方面，众人尝试了好几种齿轮运输系统，但它们都不够耐用。最后人们发现，还是缓慢滚动的带状轨道效果最好。

佩卡已经十分疲惫，他身体上好几块地方都已经变得透明。有一天，他躺在北部漏斗上方某座努瑟塔底部一块打磨得非常光滑的石块上。邦比姆巴坐在离他不远的地方。

倦怠的佩卡说："他们不会再停下脚步了，他们的思维已经完全技术化了。没有人会关注平面与空间节奏中的伟大艺术了，它已经没落了。我没有办法继续与他们为伍。我马上就离开。再抱怨又有什么用呢？我希望我们星球的居民生活在安宁与逸乐中。可是，引领我们的伟大未知或许并不是这么想的。我不理解他。这就是我必须离开的原因。我变得如此多余。过去这些年来，人们为了造上面那座巨型钢塔发明了多少机器，怎么没有人花那么多时间来帮我发明一些有助于打磨石头的机器呢？一切本可以变得和现在完全不同。人们本可以花同样的时间用熠熠生辉的棱角与宝石，用极其笔直、极其平滑的墙板装饰北部漏斗！墙板里本应该钻满矩形的孔，大家可以坐在上面，或者透过它观摩外面的风景。人们本可以轻松地转换观赏北部漏斗的角度，可以自下而上，也可以自上而下。人们本可以搬到建筑里居住，帕拉斯星人的工坊本可以搬进北部漏斗。每一块石头本来都可以拥有光滑的表面，而光滑本身就是展现空间与平面韵律中最具艺术性的印记。现在，一切都成了泡影。上面的钢筋铁网摧毁了空间中的韵律。它或许能形成一座穹顶，可是它缺乏那种紧凑感，那种长久性与牢固性，那就是它缺少的东西！它还彻底改变了帕拉斯星人的思维方式，这也是它的缺陷！我和我讨人厌的石头都是老古董，只能为索凡提生产薄膜派上点用场。可我不甘心。我也不甘心只在北部漏斗的这个角落或那个角落装上几块水平的墙，或是几条笔直的棱柱。我曾经也有艺术梦想。只有把整个北部漏斗都按我的韵律原则改造，我才会感到满足。区区一小块远远无法满足我的心愿。"

"可你为什么不去帕拉斯星的外侧，那儿不是到处都可以按照你的韵律原则进行改造吗？"邦比姆巴问道。

佩卡挤出一个痛苦的笑容，过了半晌才说道："我并不是非要改造北部漏斗。可是，我大部分时间都生活在北部漏斗，而不是星球的外侧。再说，那儿改造起来也不是一件容易的事。人对无序的忍耐是有限度的。我一度想彻底忘记我们星球的这种无序。如果我能用直线和由几千个棱角组成的光滑平面装点北部漏斗上的每一座山峰，那我根本就不会往星球外侧瞥一眼，甚至根本不会穿过中枢孔往南部漏斗走一步。是的，我没有办法离开自己的世界。我也没有能力适应这个生机勃勃的现实，因为我的思维方式已经过时了。我对你说的这些话，你能不能都告诉列萨本迪欧？这样我会非常感激你的。我想让摧毁我的列萨本迪欧吸收我的身体。或许我的某些想法还能因此停留在这颗帕拉斯星上。你可以把这一切都告诉他吗？"

邦比姆巴点了点头，立刻就飞去寻找列萨本迪欧。

佩卡独自低语道："人总是相信自己的主意最棒，可到头来，一切都成了别的模样。谁能理解这个难以捉摸的引领者？又有谁能理解我们的一生？当我们仍是一颗坚果的时候，所有的事情就已经错综复杂地交织在一起了。连梦里的世界都是如此混乱。那么其他帕拉斯星人呢？他们也是这么一团糟吗？我们什么都不知道。或许我想错了，也做错了。或许我只是太累了，好多年以前我就已经累了。不管怎么说，列萨本迪欧比我坚强多了。至少这么做是值得的。没错！没错！"

邦比姆巴没有立刻找到列萨本迪欧，换了30条带状轨道都没能寻找到他的身影。塔上的人都说列萨本迪欧在下面。可下面山上的机器实在太吵，邦比姆巴听不清他们在说什么。巨大的机器正从坚硬干燥的土地中掘出卡迪蒙钢，发出可怕的嘎吱声。加工钢铁的巨锤声也异常嘈杂。要找到一个想要独处的帕拉斯星人可不容易。而列萨本迪欧又是个独行侠。最后，邦比姆巴在一座小光塔——它孤零零地立在模型塔上方3德国里的地方——的观景室里找到了他。听完邦比姆巴的话，列萨本迪欧立刻决定与他一起去找疲倦的佩卡。

列萨本迪欧温柔地对佩卡说："谢谢你把我叫来这里。邦比姆巴把你刚才说的话都告诉我了。我不知道该怎么安慰你，我也知道你不需要安慰。可是，当发现有人的身体变得透明的时候，总是让我有种说不清道不明的感觉。我们所有人都被一种未知的力量驱动。浮现在我们眼前的目标也总是模糊不清。我们对自己的生命了解多少？或许你与你对艺术的执着要比我的生命珍贵得多。你想要安静地休憩，可我从来都不知道那是什么。我偶尔也会觉得这是我的缺陷。我一直在追求外部的事物。可是，相信我！那一定也是有价值的！对我来说，我们整个太阳系的存在，甚至是我们双星系统的存在都比我自己的生命更加重要。所以你觉得，我们真的能领会我们的生命吗？你对空间节奏的痴迷也远远胜过你自己的生命。这难道只是一种假象吗？我确实做了许多摧毁你梦想的事情。可是，我也无法主宰我自己。"

"我非常冷静，"佩卡答道，"现在我只希望，你真的能把我的平静与安逸放在你心底。你是个行动派，可这个词显然与我没什么关系。我总是没办法成为这样的人。你我都很清楚，只要我们都还活着，我们永远都合不来。可是，我们终于能够接近彼此了，这对我又何尝不是一种安慰。帕拉斯星人的死亡真是让人羡慕啊。我不相信在我们的太阳系中经常会有这样的事。尽管我生前从来就不是你的好朋友，可是以后，我会以好朋友的身份继续与你共存，我将会在其他空间继续追求我平静安逸的节奏。我们没有感到悲伤的理由。不管未来会发生什么，我觉得这都是正确的选择。强者总是可以战胜一切。但是，我们也必须在被强者战胜中找到快乐。把你的手递给我，列萨本迪欧！如果你已经准备好，我会感激你的！邦比姆巴可以留在我们身边。"

两个人张开双臂紧紧拥抱。邦比姆巴目瞪口呆地看着他们，他还从没见过有人被吸收。

列萨本迪欧突然把身子向上伸展至30米，并把身上的毛孔完全打开，仿佛一张张野兽的巨口。佩卡一下子就被吸入了列萨本迪欧的身体中，转眼间就消失了。

列萨本迪欧慢慢地合上毛孔，接着又慢慢变回了原来的大小。他好像在用一种全新的视角缓慢地环视着北部漏斗。

他若有所思地对邦比姆巴说："我们好像总是走在错误的道路上。实际上，我们从来不会感觉自己在做正确的事情。似乎在某个更好的地方总有另一条达成目标的捷径。佩卡活着的时候是最反对我的，现在他的身影如此清晰地展现在我眼前，比以往任何时候都更清楚。他的灵魂将永远活跃地停留在我的身体里，我也因此得到了新的视角。我们的个性一直都合不来。佩卡最后意识到，他的路或许不是通往正确目标的唯一道路，他甚至怀疑自己目标的正确性。"

邦比姆巴立刻接道："我们帕拉斯星上的生活真是太神秘了！我好像才理解你们两个。可是，我也知道，只要你们活着，你们就不可能走到一起。可你吸收了佩卡之后，不可能的事情也成了可能。列萨本迪欧，那我们帕拉斯星人可不可以被其他更高等的生物吸收？你对此有所了解吗？"

"我不了解，"列萨本迪欧回答，"可是，只要到了上面，我们或许就能明白。我们已经在帕拉斯星上经历了那么多奇迹，我们有理由期待在上面遇见更大的奇迹。"

发光的云降下来了。北部漏斗的夜晚已经来临。五彩缤纷的电灯在转瞬之间亮了起来。探照灯来回旋转。邦比姆巴躺在附近的草坪上，背后的皮肤慢慢地覆盖了他的身体。他抽着气泡香草，左臂发着光，思考着帕拉斯星上的生与死。

列萨本迪欧一连坐了10条带状轨道和两条绳轨才赶到比巴那儿，把刚才发生的事情一五一十地告诉了比巴。

比巴笑了，连忙说道："我一直都盼望着这一天呢。你可太需要安静了，佩卡会让你冷静下来的。现在你知道佩卡在你体内是怎样的了，他的个性在你那儿还活不活跃？如果活跃的话，你到了头部系统之后一定也可以保留你的个性。"

"那我们首先得知道个性是什么才行！"列萨本迪欧答道。

两人又聊了很久。

第二天下午，戴克斯完成了塔的下一层。斜塔最新的一层依然是3德国里高，不过，顶部的环的直径仅有半德国里多。索凡提在上面铺了许多薄膜。

现在，这座直指头部系统的塔已经有7德国里高了。

第十八章

　　比巴向列萨本迪欧解释星体生物彼此接近的原因，列萨本迪欧则认为他在探讨如何解开个性之谜。人们在佩卡的工坊中发现了一个经过精心改造的北部漏斗的模型。许多帕拉斯星人为佩卡感到遗憾，认为塔阻碍了他的计划。信号灯在向上移动。以此为契机，塔的下一层完成了，高度为1德国里。索凡提用薄膜覆盖了塔身，这样，塔看上去终于有了灯笼的样子。拉卜消失了。继佩卡之后，马内西在他的太阳工坊里被列萨本迪欧吸收了。

　　比巴现在变得格外活跃，他几乎不让列萨本迪欧离开自己视线半步，他几乎每个小时都能想到新主意，并向列萨本迪欧讲述。而列萨本迪欧总是认真地在一旁倾听。

　　有一天，比巴坐在巨大的鲜花指示灯的边缘。他的身旁是一片硕大的、气球般绵软的绯红色花朵，头顶上是紫色的天空，绿色的星星发出耀眼的光芒，发光的云在高处熠熠生辉。

　　比巴说："亲爱的列萨本迪欧，我们可能总是在想，如果星星可以相互接近，并在彼此身边停留很长时间，那会发生怎样的奇迹。可是，它们不会仅仅因为想要交换信息而聚集在一起。若有交流思想的必要，星体之间不需要彼此靠近，通过书本与文字要容易得多。如果像我们这样生活在星球表面的生物都已经学会使用某种固定的思想交流方式，那么星球之间一定也存在着另一种与我们截然不同的、便于理解的文字体系。所以我认为，对于巨大的星体生物来说，固定的思想并没有形成新的特征那么重要。它们是因为后者才聚集在一起的。它们花了那么长的时间汇聚在一起，只是为了产生剧变做准备而已。星球向其他星球靠近是为了部分或彻底改变它们的本质。你只要想想，彗星在接近太阳的时候产生了怎样的改变啊！那就是个最明显的例子。所以，这一转变原则同样也适用于我们这些活在星球表面的生物。你想想死去的帕拉斯星人，或许我们太阳系中的所有死亡都可以追溯到这条随处可见的、伟大的转变原则上。如果我们采用这种思维方式，那我们离知道许多不解之谜的答案或许能够更进一步。另一方面，连太阳也会因为围着它转的星球而发生改变。木星对太阳黑子周期的影响就尤其明显。或许连帕拉斯星都可以对太阳施加一点点影响。我们当然无法注意到这一点。说不定，离我们不远的头部系统对此更加了解。或许太阳与我们之间的距离比我们想象的更近。当然，有些星星有时也会对太阳产生的巨大影响产生抵触，地壳就是这样的产物，它能减少星系核心的高温对星球产生的极大损害——比如在地球上就是这样。这或许就是地球生物的精神状态略显原始的原因。帕拉斯星也非常坚硬，但是它有一个能够移动的彗星头颅。它可能是从北部漏斗飞出去的。可若是如此，我们就必须假设，南部漏斗也有喷出一颗彗星般的头部系统的可能性。

但你无法想象星系是如何产生的。什么是头部系统？什么又是躯干部分？可这只是我们使用的图像语言。或许上方的头部系统本就与我们这个漏斗星座毫无瓜葛呢？还有什么是不可能的呢！我们不应该再思考了。这已经走得太远了。就算我们更加了解星星的形成，我们大概也不会变得更加聪明——或许我们会变得过于聪明——无论是哪种情况，都可能会对我们产生很大的损害。"

列萨本迪欧微笑着说："我可以用一个词精辟地总结你这段话：个性！"

两人继续围绕着这个伟大的话题进行讨论。

与此同时，拉卜与佩卡的朋友一起来到了佩卡的工坊，把巨大工坊的各个角落都搜了个遍。突然，他们发现了一道因外力而打开的暗门。

他们眼前出现了一个很大的房间，天花板上正发出明亮的光线。房间的地板上摆着一件惟妙惟肖的北部漏斗的复制品。该复制品上不仅装饰着无数块结晶状的岩体，有光滑的岩壁与庞大的悬挑，观景台与塔楼，桥梁与田地，甚至还有与真实世界里一样的能够移动的带状轨道。

这个漏斗模型的直径大约50米，它在房间里缓慢地旋转。没有一个帕拉斯星人听说过有关它的任何事情，佩卡以一己之力秘密地打造了这个模型。它在众人面前继续旋转，上面的云依旧在发光。整个模型都通上了电，就算人们没有发现这个储藏模型的房间，它还能像这样继续旋转好多年。

"好一件杰作！"拉卜说。

大家还看到，模型上方悬挂着好几根绳索。制造模型时，佩卡就是靠这些绳子把模型岩块一块块嵌上去的。它看上去只是佩卡的自娱自乐。可是，当佩卡的朋友目睹这一切之后，个个都暗自神伤。

在模型匀速旋转的同时，所有人都能清晰地观察到节奏的律动。平面之间的旋律尤为精彩，多彩而粗细不一的线条将之凸显得特别鲜明。

星球的中枢孔位于模型的底部，透过这个孔还可以看见南部漏斗。有人尝试着从这个孔里钻出去，可是它太窄，容纳不了一个帕拉斯星人的身体。经过了长时间的搜索，大家终于发现了一扇能够进入下面房间的活板门。不过，那儿仍是一团糟。佩卡从来没有严肃地考虑过改造南部漏斗的事。不过，他似乎也并不觉得那是一件不可能的任务，他已经开始按照他的韵律原则进行工作了。

很快，所有的帕拉斯星人都知道了这个模型的存在，所有人都来观摩这件宏伟精致、难度极大的作品。

看到这件复制品后，许多人都对此感到遗憾，认为这种风格在帕拉斯星上运用得还太少。事实上，按此模型风格进行改造的只有三座努瑟塔的地基。然而，对于索凡提来说，这三座塔的庞大地基已经能让他生产出足够的膜料。

不久以后，帕拉斯星人又发现了一个奇观。悬挂在高塔钢缆上的信号灯开始缓慢地脱离钢缆，并且继续向上飘移。钢缆也变得松松垮垮——实际上它现在已然是空悬着的。

然而，马内西的攀缘植物已经牢牢地在钢缆上生根发芽，现在大家也无法把钢缆切断。

信号灯还在向高处飘升。毫无疑问，帕拉斯星的引力中心再一次向上产生了偏移。

随后，钢缆又逐渐紧绷了起来。可这一次，钢缆是向上绷紧的，这么一来，它就又把信号灯拽了下来，也没有像先前那样继续上升。

"所有东西都在往上移！"戴克斯说。

"是重新开工的时候了。"索凡提说。

大多数帕拉斯星人都表示同意。塔的下一层开工了。

戴克斯只想把塔再建高1德国里。

因为顶部有44个角的那个环的直径只有半德国里多，所以这次为塔建造的新钢筋几乎都是笔直的。

建塔的速度比想象中快。

完工后，索凡提为新的一层塔换上了用他的薄膜制成的新衣。

突然之间，塔尖就拥有了灯笼的特征。塔的新一层内安装了数以千计的电灯。

巨塔终于有了光塔的样子，这让建造了北部漏斗大部分光塔的努瑟也赞叹不已。

可是，努瑟担忧地望着蛛网云，他认为云可能会渗入塔的新一层中。因此，他认为应该在薄膜的下方安装一个过载器。他说："让我相当吃惊的是，发光的云至今都没有对我们造成什么损害。它每次下沉的时候，我们都远远地躲回地面。可当我们用灯照射它的时候，它总是在退缩。这些身体细长如线的小生物似乎很害怕我们。"

人们距离发光的云已经很近了。白天的时候待在塔顶很不舒服，因为云发出的光线太过刺眼，帕拉斯星人始终得用巨大的、雨伞状的头皮遮住眼睛。到了晚上，等云降下的时候，大家也只能在灯笼里面支撑很短的一段时间。令人无法解释的是，云始终没有通过上方的空洞钻入塔内。

于是，人们要求索凡提用薄膜把塔顶的空洞封住。索凡提嘴上抱怨着没有那么多材料，最后还是喜滋滋地按人们的要求做了。

灯笼的顶部被封上后，人们就可以整夜逗留在塔上了。许多帕拉斯星人都这么做。

大家普遍都很兴奋，他们相信无数生命之谜的答案很快就将揭晓。

几乎没有人考虑塔的艺术结构，所有人想的只有云背后的东西，还有帕拉斯星巨大的头部系统。

马内西和拉卜并没有被这一普遍的情绪感染。

拉卜不见了。他躲起来了。邦比姆巴与他一起消失了。

没有人知道两人去了哪儿。

也没有人去寻找他们，所有人都被云夺走了三魂七魄，大家谈论的话题也只有云。

列萨本迪欧受到了空前的拥戴，仿佛只有他知道上面的样子似的。

列萨本迪欧却变得越来越沉默。他给所有向他征询意见的人的答案只有短短一句话："我知道的并不比任何人多。"

戴克斯仍在犹豫要不要继续把塔造下去。

不过，戴克斯已经用下方的机器挖掘出了最后一批钢材，做好了继续造塔的所有准备工作。

比巴陪伴在列萨本迪欧左右，但总让他一个人待着。他一直把这句话挂在嘴边："我不想打扰你！但我相信，最勇敢的人总有能力带回最大的幸运。"

马内西一直在他设计的巨大鲜花信号灯周围飞来飞去，他身上已经有好几处开始变得透明。

有一天，马内西请求列萨本迪欧到他位于南部漏斗的工坊去一趟。

列萨本迪欧和比巴到达目的地后，马内西力倦神疲地说："我再也不相信对艺术的喜爱能在帕拉斯星上赢回一席之地了。一切与我设想的完全不同。当你们开始建塔的时候，我就立刻告诉自己，这会压制星球上的一切艺术形式。我没有想到的是，这件事竟发生得如此彻底。亲爱的列萨本迪欧，你就没有体会到一点点你体内的佩卡的心情吗？"

"我体会到了，"列萨本迪欧回答，"可是来自上方的力量更强大。我们无法主宰自己的命运。"

马内西说："你能像吸收佩卡那样也把我吸收了吗？我会感谢你的。"

列萨本迪欧同意了。

马内西启动了工坊里所有的人工太阳灯，那本是用来加速蘑菇与霉菌成长的。它们突然升入空中，并放出强烈的光芒。列萨本迪欧也把身子展入空中，把身上的毛孔大大张开，仿佛一张张野兽的巨口。

几只萤火虫围绕着马内西的头颅飞舞。

马内西那几株最漂亮的植物上盛开的气球花梦游似的在他身边来回拂动。几朵最大的气球花开始发出耀眼的磷光。马内西见此情景，微微一笑，然后坚定地看着列萨本迪欧的眼睛，很快就消失在他的身体中。

许多气球花疲倦地凋谢了。

人工太阳灯的光线也越来越弱。

很快，马内西的工坊就变得一片漆黑。

第十九章

努瑟建议，建造下一层塔的时候可以把钢材从灯笼外侧运上去。马内西与拉卜消失了。马内西的消失让众人难过不已。拉卜与邦比姆巴一起制作了一个帕拉斯星球的模型。在几百个帕拉斯星人的帮助下，模型被送入了天空。塔的下一层完成了，现在整座塔已有9德国里高。一天晚上，发光的云虽然已经变得暗淡，却始终没有像以往一样下降，而是像盘子一样散开了。星星整晚都在天空中闪闪发亮。有颗镜子星球掠过了帕拉斯星。列萨本迪欧倦了，他想立刻完成塔的下一层。

塔尖的灯笼中越来越热闹了。白天的时候，塔顶与发光的云之间的距离还不到两德国里。要不是帕拉斯星人的头皮起了良好的保护作用，没人能受得了云放出的强光。

平铺在灯笼上并将其与上方的空气隔开的膜上装有数块透明的薄板，白天的时候，人们可以透过这些具有遮光效果的薄板观察外面的云。许多帕拉斯星人挂在膜上绑着的绳子上，对上方进行观测，他们很快就计算出了他们与云之间的距离。

塔尖的这盏灯笼的直径仅3000米。

众人想把塔再往上建1德国里。

这并不是一件容易的事，因为现在蛛网云看起来比之前危险得多。虽然云和塔之间仅保持着一段安全距离，但由于巨大斥力的存在，人们根本无法接触到云的一丝一毫。

因光塔顶部巨大的灯笼而备受鼓舞的努瑟提议道："在建最后几层塔的时候，如果我们从灯笼内部运输长达1德国里的钢筋，那我们只能徒手把它们搬上去。可是，灯笼横截面的直径还不到半德国里，我们依然无法在上面翻转钢筋。所以，我建议，我们建下一层塔时应该换一种方式。我们可以从外侧把已经铺上薄膜的钢筋运上去，由于宽度恰当，我们很快就可以固定住它的左下角与右下角。最后，我们只需要把塔顶平铺的那层膜向上平移1德国里就行了。这样的话，下一层塔就完成了，整座塔离竣工也就不远了。在灯笼外侧安装滑轮与拉辊并非难事，所以我们不用害怕会摔下来。在这个高度挥动几下翅膀并不会耗费我们太多体力。"

这个建议得到了所有人的首肯。戴克斯和索凡提立刻就投入了工作。很多帕拉斯星人都自告奋勇地在灯笼外侧安装滑轮与拉辊。钢筋很快就通过新安装的滑轮与拉辊运了上去，如此一来，塔的最后一层就不再需要额外的手工操作了。

当工作有条不紊地完成后，大家才发现马内西与拉卜不见了。大家猜测他们都步了佩卡的后尘。可列萨本迪欧也失踪了。当列萨本迪欧终于出现，讲述了马内西的事情后，许多人都很沮丧。不过，依然没有人知道拉卜藏在哪儿，邦比姆巴也与他一起消失了。大家都在寻找他们。

此时，这两个失踪的人正在拉卜位于南部漏斗最大的工坊里面。拉卜在那儿藏了一个直径达30米的巨大石球。两人在石球的上、下部各削掉一层顶盖，然后在上、下部各打造出一个漏斗，这样，它就成了帕拉斯星躯干部分的模型。拉卜想在这个模型上展现出他所有的艺术抱负。两人不仅用弧形与不规则的、起伏的波浪形把漏斗壁改造得充满活力，而且在运用视觉效果强烈的颜色时更是毫不吝啬。

拉卜经常说："我不理解为什么佩卡总说只有棱与角，尤其是直角才能彰显出韵律。难道韵律就不能通过复杂曲折的弧线表现得更突出？我想我们两个都太片面了。我不会完全弃用矩形，可我喜欢的终究还是弯曲的线条。但我没有佩卡那么固执。所以，我也不像佩卡，对帕拉斯星的艺术发展感到如此绝望。"

大家最终在工坊里找到了两人，发现他们的时候，他们还在如火如荼地制作他们的模型。

当拉卜听说马内西的死讯后，他几乎勃然大怒，说："这简直是太不理性了！我真的认为没有灰心丧气的必要！为了向帕拉斯星人证明这一点，我才想在信号灯上安装一个模型——就在中央的上空无拘无束地浮动着，只用几根绳子拴住。我想让大家知道，我与佩卡和马内西不一样。我不会轻言放弃。等塔建完之后，另一个时代即将到来。现在被人遗忘在角落里的艺术一定会再度焕发出新的生机。现在的问题是，我们应该怎么搬运这个略有重量的模型。"

听到乐观的拉卜这么说，帕拉斯星人都特别高兴，他们立刻就安排了好几百人帮助他运送模型。

拉卜的80个乐于助人的朋友也来到了工坊前。

他们利用滑轮把模型拖上铁轨，拆卸了几根磁轨，并将模型绑在因此而空出来的钢丝绳上。模型通过中枢孔穿过整颗小小的漏斗星，这样，它就不会与帕拉斯星面积广大的漏斗壁产生碰撞。在诸多钢筋的支撑下，他们没有费多大力气就把这颗巨大的圆石送上了中央的天空。

模型在信号灯上方自由地飘浮，几根钢索固定着它，让它无法继续向上移动。

引力中心时不时地还会向上偏移。可接着，它又会大幅度下降。所以，人们时不时地可以看到信号灯又和刚安装上去的时候一样悬在原地。在这样的情况下，模型确实需要钢筋的支撑。

可是，拉卜的模型并没有给驻扎在上方的帕拉斯星人留下什么印象，几乎所有人都一心扑在巨大的、会发光的云上。

灯塔的下一层完工后，巨大的蛛网云变了。塔已高达 9 德国里，而塔尖离云只有 6055 米。云显得非常不安，白天的时候，云层上总是出现黑色的斑点，到了夜里，斑点则变得更深。有一天晚上，云甚至没有像从前那样降下来，它变得非常暗淡，并且突然向各个方向扩散，像一只平平的盘子。

大家吓坏了。

所有人都认为，可怕的事情马上就要发生了。这天晚上，帕拉斯星上可以看见所有的星星——它们绿色的光芒闪烁在紫色的天空中。

太阳如此明亮，空中甚至出现了日光的余晖。帕拉斯星上所有的电灯与光塔（尤其是那些体积庞大的）在余晖中显得古怪而神秘。

帕拉斯星人从未见过这样的曙色。

现在，根本没有人再关注拉卜的模型了——连拉卜本人也不例外。

接近天明时，云又合拢了，它又慢慢地亮了起来，与往常一样。

在这个曙光漫天的夜晚，所有帕拉斯星人都没能入睡。

可是，现在大家都累了，各自找寻着可供休憩的草坪。

那些光线照射不到的黑暗洞穴特别受欢迎。

　　第二天晚上，一颗奇怪的小行星在离帕拉斯星很近的地方盘旋。

　　该行星靠帕拉斯星的那一侧是一面长两德国里，十分光滑的金属镜子。

　　镜子中照出了整颗帕拉斯星。人们这才发现那座巨大的光塔和塔顶的灯笼看上去是多么魔幻而神秘。

　　所有帕拉斯星人都看得入迷，纷纷用探照灯向镜子星球打出信号。

　　很快，镜子星球也向帕拉斯星投来许多光束，那面镜子也随之变得通红。

　　帕拉斯星人立刻用不同颜色的薄膜改变着光塔的颜色。

　　与此同时，镜子星球上也发生了同样的事。

　　比巴想用探照灯明确地表达出某种意思，可他没有成功。镜子星球慢慢飘远了，向帕拉斯星展示出了另一侧，它看上去像无数条纷繁错综、闪闪发亮、五彩缤纷的蛇。

　　大家想到了继续造塔的事。

　　可戴克斯和努瑟两人还是忧心忡忡的。

　　索凡提说："没有人知道附上薄膜的钢材与云直接接触

后会发生什么。我相信，到时候云会彻底四分五裂。现在，我们正面临着我们一生中最重大的事件。"

接着，他继续说道："我们应该听听列萨本迪欧对整件事情的意见。"

可列萨本迪欧一言不发。

比巴走到列萨本迪欧身旁，轻声对他说："列萨本迪欧，你让我感到不安。为什么你不说话？我们到底还要不要继续造塔？还是应该暂时放一放？你现在必须表个态，整座塔都是为你而造的。我不知道你为什么不说话。说话啊！你究竟怎么了？"

列萨本迪欧带着倦意说："不要再用问句折磨我了。继续造吧。事态紧急。"

大家又开始动工了。

第二十章

　　塔的最后一层动工了。为列萨本迪欧升空的准备工作也有条不紊地进行着。列萨本迪欧在塔的最高处的阳台上给比巴做了特别的指示。比巴离开后，列萨本迪欧在阳台的边缘弯下身子，久久地俯视着北部漏斗。他看到许多闪闪发亮的石头，这是他在白天从未见过的景象。然后，比巴与他讨论起了之后的事宜，讨论起了小行星之环的未来与帕拉斯星的过去。列萨本迪欧重拾勇气，独自待在塔顶，所有帕拉斯星人则睡在下面。第二天早晨，塔的下一层即将完成。

　　最后44根卡迪蒙钢及与其配套的膜料缓慢地一层层向上运输着。大家一直注意着上升的速度是否平稳。

　　在机器安静地输送着钢材的时候，上方灯笼中的气氛却越来越热烈了。冲上云霄已经是眼前的事了。所有帕拉斯星人都坚信，他们生命最后的谜题即将解开。艺术的话题早已被抛在脑后。连拉卜谈论的也只有最后几根钢材的作用，要是它们同时伸入发光的云中会发生什么。众人想在清早完成这个伟大的计划。

所有人都知道，只要塔的最后一层建完，列萨本迪欧就会立刻试着与帕拉斯星的头部系统合为一体。大多数帕拉斯星人都把列萨本迪欧最后的行动视作一场隆重的竣工仪式，也是最重要的事。

"如果列萨本迪欧成功了，"戴克斯说，"那我们将来就要在头部系统上寻找生命的价值，而不是在这儿。"

努瑟说："就算列萨本迪欧成功了，并不代表着第二个帕拉斯星人也会成功。"

索凡提说："现在我们还不用去想这些。我们首先要考虑的是怎么把列萨本迪欧送上去，这样他就可以去做他想做的事情了。因此，我在最后一层塔的44根钢筋的内侧都安装了滑轮装置，这样，我们就可以在几秒钟内把塔顶那层防护膜推入高空。一切都已就绪。但我觉得，我们应该小心起见，为了避免第一层膜裂开，我们最好再送一到两层这样的薄膜上去。我们必须考虑周全。"

经过短暂的商讨后，大家决定在顶部的防护膜上再追加三层同样的薄膜。

"我的膜料还充足得很！"索凡提说。

三层薄膜很快就被运了上来，依序被安装到距离上一层膜300米的地方。每一层防护膜上都有一个能够轻松打开的活动孔。

　　最后一层防护膜缓缓升至灯笼上方的那个早晨，列萨本迪欧与比巴一起坐在塔倒数第二层那个宽敞开阔的阳台的下端，两人若有所思地望着紫色的天空与绿色的星星。尽管蛛网云上的黑色斑点越来越多，看上去也随时可能四分五裂，可它依然在空中放出强烈的光芒。两人撑开呈伞状的头皮保护自己。

　　列萨本迪欧慢慢地说："我不太相信自己的力量。你问问索凡提能不能把倒数第二层防护膜改造一下，能不能把它改造成蹦床那个样子，这样，我就能从膜的中间起跳，借此获得一个加速度。我想独自待在两层防护膜之间，一举从中间冲破最上面的那一层，随后立刻迅速地向倒数第二层膜反冲，这样我就能获得一个向上的加速度。我想，这样我就能飞得够高了。"

　　比巴说他一定会把他的意思传达给索凡提，随即跳上了最近的带状轨道。

　　列萨本迪欧一个人坐着，忧愁地望着空中的繁星。

　　他脑中突然闪过一个念头，他想再好好看一看北部漏斗。

　　然后，他跃到阳台最外侧，用吸盘足固定住身体，弯下身子向下俯视。

　　他看见最后的几根钢筋沿着灯笼缓缓地匀速上升，看见北部漏斗深处的石头上闪烁着他从未见过的光辉。

可是漏斗边缘的山峰离他太遥远，为了再一次清楚地看见一切，尤其是佩卡的石头地基和努瑟的光塔，他不得不将望远镜般的眼睛伸得很长。

下面的一切极明亮、极寂静。没有一个帕拉斯星人飘浮在那儿。下面离中枢将近30德国里。

列萨本迪欧看不见马内西的信号灯，他感到很遗憾。此时，他一定是想起了马内西的音容笑貌。他看到固定着信号灯的钢缆上垂下来的几根藤蔓在空中来回摇摆。

"要是马内西的攀缘植物能像这样在所有的塔柱上摇摆，那该有多好啊。我们大概真的太着急了。可我们也别无选择。我们必须先上去。"列萨本迪欧自言自语道。

列萨本迪欧看见漏斗深处的光辉还在往上延展。突然，整个北部漏斗都亮了起来，他不得不把眼睛缩回去。光线实在太亮了。

列萨本迪欧再次慢慢睁开眼睛的时候，光芒消失了。

一切都寂静而庄严地躺在令人畏惧的漏斗深处。白色与蓝色的岩石在漏斗上方闪闪发亮。

"下面的一切竟如此安静地闪烁着！"列萨本迪欧低语。

比巴回来的时候，列萨本迪欧依然在阳台外侧弓着身子，出神地望着远处——帕拉斯星阔大的北部漏斗。

列萨本迪欧注意到比巴已经回来了。比巴微笑着说："你这是在告别啊！"

列萨本迪欧又回到了灯笼的墙边。两人静静地并肩坐着。

比巴说："索凡提已经按照你的要求做了。钢筋在破晓之前就可以各就各位。明天一早，钢筋与薄膜便可全部安装完毕。现在钢筋与膜料是固定在一起的，一运到上面便可以自动合为一体，无须再加以操作。"

列萨本迪欧说："谢谢你！尽管我身体已经有好几处已经变得透明了，可我现在感觉棒极了。只不过我的身体还是没什么力气。"

比巴把身体展开30米高，放声喊道："我相信，我已经能感受到你马上要感受到的东西了！"

他马上又变得与列萨本迪欧一样小。此时，列萨本迪欧徐徐说道："要是我能活着上去，我一定会给你捎信的。接近傍晚的时候，你可一定要在中间的信号灯上等我。啊，不！帕拉斯星上的白天与黑夜不可能再像现在这样交替了。那你能不能尽量待在你的工坊里，就是位于帕拉斯星外侧的那一间？我会尝试着用细微颤抖的声音向你描述我周围的环境。"

比巴点点头。

列萨本迪欧接着说："也许我们讨论的伟大是完全错误

的。我有种预感，如果我能看透上面的一切——即便时移世异——那也会与我想象中的完全不一样。也许我到了那儿，也没有办法更加了解我们的行星系统，就好比我现在身在此处一样。可我相信，星辰还无法理解宇宙的辽阔。我们在继续前进，而它，这个更伟大者，也在继续前进。即便已经认识到这一点，我们也没有走到尽头。在我们生活的这个宇宙中，所有的内在联系都指向无限，而非一个终点。所以，我们不该因此而悲伤。恰恰相反！如果所有的谜题都有最终的解答，我们就无法继续前进了。"

"是啊，"比巴答道，"可你现在还相信，小行星能聚集起来吗？你确实无法否认，它们之间的差异太大了。"

列萨本迪欧回答："这话我也一直问自己。可是，为什么最不同的东西就不可以聚集在一起呢？既然我和庞大的彗星这两个截然不同的东西可以合二为一，那一众小行星自然也有汇聚一堂的可能。而且，在此过程中，它们或许就没有那么不同了。可我必须承认，我和上面那个庞然大物之间的巨大差异总让我沮丧。我几乎都不敢去做我想做的事了。可你们现在都希望我去做……"

"什么叫勇敢？"比巴斩钉截铁地说，"我想和太阳成为一体。这难道不比你想做的事更加勇敢？但是，我现下还不想这么做。我只是觉得，我慢慢会变得更加成熟。迄今为止，你的勇气已经打动了我好多次。我相信，最勇敢的人运气也最好。你要真实地面对自己，这样我才能真实地面对你。"

列萨本迪欧说："可是，我已经不想要什么最好的运气了。世上总有更好的东西。我甚至都不去想自己要什么了。我会被一阵强风带走。我根本没有办法做自己想做的事情。风带我去哪儿，我就去哪儿。可我又问自己，如此随风而逝究竟值不值得。我没有那么伟大，如此而已。我再也不能像从前那样风风火火，这让我非常伤心。而且，恐怕我的软弱是因为注意力不够集中。我的思想总会因为无关紧要的琐事而偏移正轨，这也让我很伤心。我对伟大的事物并非每时每刻都怀有敬畏，我本应该这么做的。"

比巴说："你总该休息休息。我们不该太为难自己，我们应该量力而行。"

列萨本迪欧立刻回答说："或许在被我们称为帕拉斯星躯干的这颗星球上也是同样的情况。也许那个彗星般的头部系统到来之后，会慢慢唤醒星球的躯干。这就是我们必须建塔的原因。"

比巴马上说："我相信一定是这样的，所以你更应该鼓起勇气。"

"我会试试的。"列萨本迪欧答道。

两人安静地坐着，比巴把右手放在列萨本迪欧的左手上，紧紧地握住了他的手。

到了夜里，最后44根钢筋高高地竖了起来。

巨大的灯笼照亮了整个夜晚。

列萨本迪欧请比巴让所有的帕拉斯星人今晚都到塔下睡，这样，明天一大早醒来的时候，他们都将神采奕奕。

人们按列萨本迪欧的意思做了。

只有索凡提留在列萨本迪欧身边，为他打开防护膜上的活动孔，让他能够进入最高处的密闭空间。

"你不要我留下来陪陪你吗？"索凡提问。

列萨本迪欧安静地说："让我一个人待着吧。明天早上我就会完成我最后的使命。我必须全神贯注。如果我还能够捎来消息的话，比巴会替我转达的。不过这现在都是不确定的。"

索凡提轻轻地摸了摸列萨本迪欧的头皮，留下他一个人待着。他也来到了信号灯的下方，很快就睡着了。最后的这段日子里，他比其他任何一个帕拉斯星人做的工作都多。

第二十一章

　　列萨本迪欧待在孤独的空间内，准备迎接最后的仪式。最后，他战胜了恐惧。他不再畏惧即将到来的事情——哪怕是彻底的毁灭。

　　第二天早晨，塔的最后一层完成了。所有帕拉斯星人都安静地目睹了一切。发光的云发生了翻天覆地的变化。最终，云从中间裂开了，云后出现了蛇般波动着的黄色光海。列萨本迪欧消失在这片光海中。

　　列萨本迪欧待在一个古怪的空间里。它有100米高，44面墙几乎围成了一个规则的圆形。该空间的天花板与地面非常光滑。一切都是用彩色的膜料打造的。44面墙外是千万盏闪亮在夜空中的电灯。连墙内都用彩色的膜封住了，到处都闪烁着五彩斑斓的光芒。

　　可这个彩色的空间看起来格外荒凉。

　　这里好寂寞。

　　列萨本迪欧坐在中间的地板上，他的身子向前弓着，看上去特别小。他战战兢兢地环视着四周，感受到了空间内的荒凉与孤寂。他想摆脱这种感觉，于是他紧张地用右手的手指在脖子上来回摸索，想要找本书读，可是脖子上的项链不见了。

"啊！"过了好一会，列萨本迪欧才反应过来，"我的项链已经没了。我把它送给比巴了。那是我唯一留在所谓的帕拉斯星躯干上的东西。佩卡留下的东西更多，巨大的工坊、巨大的地基，还有巨大的模型。"

想到了佩卡，他好像突然不孤单了。空间内传出嗡嗡的声音。

"是你吗，佩卡？"他大声问道。

他的身体好像被谁托举着，他感觉自己的吸盘足已经离开了地面。

列萨本迪欧感到头皮上一阵刺痒，他又喊道："马内西，你是不是也在？"

可那儿一片死寂。电灯依旧如此明亮，他感到他的吸盘足再次接触到了地面。

列萨本迪欧仰起脸，用尖锐的声音说道："人在对待生命之谜的时候或许可以非常严肃。可是，一直对其太过严肃也没有必要，有时候也可以拿它开开玩笑。这绝对不会使它变得无关紧要。做人本身也没有必要一直过于严肃。正是在与过去告别的时候，才更应该变得有趣一些。不管怎么说，生命形态的改变是能够解开某些谜题的。这能让我们的情绪昂扬。人在担惊受怕的时候甚至可以发笑，因为他不知道即将到来的会是什么，也不知道一切是否会结束，因为他还不知道——这可并不悲哀。你甚至可以因此放声大笑。"

可他并没有笑。他按住了自己透明的手。

他想到了巨大的太阳、宏大的星系和小行星环。

他突然兴奋地叫了起来："要是我能够让差异如此明显的小行星彼此靠近就好了！要是我真的能做到就好了！就在上面！可是，到了上面，我还会知道自己曾经想要什么吗？如果到了上面，我的一切就此终结，我失去了生命，那我就再也无法感受到太阳与它的倾慕者了。一切就结束了。可这很悲伤吗？要是一条小虫子在我面前死去，这值得我哀叹吗？我有机会一睹比我身边所有东西都更宏伟的大宇宙，我难道不应该感到高兴吗？我就不能对即将到来的事情抱着无所谓的态度吗？就算一切会在几小时之内终结，那也不在我的管控范围之内。可每当我想到，上去后我可能会一无所有，我为什么会那么悲伤？"

他大展双臂，尽可能地把身体伸至40米高。他凝视着天花板，大声喊道："我不知道自己是否还能活下去。可我并不因此感到悲伤。我想笑。"

可他还是没有笑。

列萨本迪欧又慢慢变小了。

变回原来的样子后，列萨本迪欧微笑着自语道："我又变小了，我觉得这很有趣。到了上面，我可能就只有奎科星人那么小。他们总是那么有趣。只要活着一天，他们就开心一天。可我为什么不开心呢？要是我能变得更渺小，我大概就会开心了——只要那个伟大的东西依旧那么伟大就行。无尽的空间不可能小得像一个点，但是我可以。这难道不伟大吗？我现在必须为此笑一笑。"

他又轻轻地笑了几声。接着，他的笑声越来越洪亮，响到连44面墙都在颤抖。他注意到了这一点。他最后大笑了几声，终于安静了下来。

他觉得，好像墙的每一个边边角角都在低声窃笑。他大喊："你们为什么也在笑！你们是在嘲笑我吗？"

可现在，他什么都听不到了。

早在清晨来临之前，所有的帕拉斯星人就已经回到了塔顶的灯笼上。大家的头皮上都戴着一块深色的透明薄膜板，这样，他们望远镜般的眼睛就不会被发光的云灼伤。头皮能从侧面保护眼睛，而深色的透明薄膜板可以遮挡前方直射的强光。

云升上天空，天色渐亮。所有人都来到了塔顶的阳台上。最后一批塔柱与膜料缓慢而极为平稳地旋转着升入天空，柱尖形成了一个半圆。

只有索凡提和几个朋友还留在灯笼中，围坐在列萨本迪欧的上方。他们需要及时地把膜向中央拽。建塔的最后一层钢材也是从中央向上输送的。只要材料一送到上方，列萨本迪欧头上的薄膜天花板就会被一个简单的装置撕开，这样他就可以借助脚下的薄膜高速弹入天空，就像踩在一张蹦床上似的。

一切都已准备就绪。有人还在底下的楼层中对装在墙上的机械滑轮进行了测试，以策万全。

没有一个人说话。

阳台上的人安静地看着钢筋缓慢而小心地向上转动。

灯笼里的索凡提和他的朋友也一言不发。

列萨本迪欧那儿也没有声音。

随着钢筋越升越高，人们发现，云也变得越来越焦躁。发光的云层上出现了巨大的黑色或灰色的斑点，它们原本圆形的边缘也变得不规则起来。

黑色与灰色的斑点中形成了电涡流。螺旋状的涡流卷起一道道旋涡状的闪电。

随后，巨大的蓝色、红色或绿色的球状体出现在云的边缘，它们以极快的速度向上旋转，有些球体的速度太快，看上去几乎扁平得像是圆盘。

帕拉斯星人的紧张情绪每一秒都在增加。

钢筋被运到越来越高的地方。

云上的黑色斑点突然变成了深紫色，而灰色的斑点变成了浅棕色。

斑点越变越大，最后，云中闪出一道混杂着深紫色与浅棕色的奇异光线。

彗尾般的紫色光柱颤抖着落下，在越来越高的钢筋上打着寒战。

列萨本迪欧对此一无所知，他安静地坐着。

他所在的空间内一片黑暗。

他好几次想展开身躯，可每一次，他都无力地坐了下来。

他仰起头，看见天花板上正闪动着忽明忽暗的深紫色光芒。

外面传来可怕的尖啸。

钢筋的尖端碰到了云。云在颤抖。

可怕的雷声响起。

整个云体的边缘闪烁着。

接着又是一声巨响。

闪耀着深紫色光辉的云中央突然出现了一个黄色的、不规则的裂缝。

与此同时，钢筋的尖端碰到了云紫色的部分。云忽而上升，忽而下沉，并不停地上下波动着。

列萨本迪欧突然感到体内涌起了一股崭新的力量。他终于可以再一次展开身子，几乎能达到50米高。他现在准备好起跳了。

云中央的裂缝越来越多。

黄色的部分涌出强烈的光线。

然后，钢筋钻入了黄色的部分。

最后一层塔上的薄膜在转瞬间闭合。机器的每一个部件都按照人们的设想运行着。

然后，云的中心彻底崩裂了。云外侧紫色的部分远远地退了回去，整团深紫色的云退得更远，慢慢地形成了一个发着深紫色光芒的不规则圆环。

原本云所在的地方现在只剩下一片蛇般波动着的、黄色的闪亮光海。

坐在顶层阳台最外侧上的帕拉斯星人看见列萨本迪欧像一根棕色的长棍般一头扎入这波涛汹涌的黄色光海。

蛇般的光海翻涌着。

列萨本迪欧消失了。

一片黄色中出现了一个殷红的斑点，它越变越大。

第一个看见红色斑点的人是索凡提。

第二十二章

本章描写了列萨本迪欧在帕拉斯星头部系统上的感受。一开始，他看不见也听不见，但后来，他得到了崭新的视觉器官，用它看到的星系和太阳与以前完全不同。列萨本迪欧感觉非常恍惚。最后，他听到了太阳的智慧箴言，明白了为什么行星要围绕着太阳旋转。同时，帕拉斯星上也发生了许多事情。

上方黄色的光蛇是由气体组成的，列萨本迪欧被它发出的光线刺得看不见东西，他感觉整个身体都在融化，在朝四面八方分裂。

他想要大喊，可是发不出声音。他看不见，也听不见。他感觉有一种细微的刺痛穿过他的全身，向各个方向蔓延。

"我还活着！"他想放声大喊。

可他什么声音都发不出。他注意到，自己已经来到遥远的地方。

列萨本迪欧觉得好像到处都有非常纤细的线牵引着他的

感官，而且它们越变越长，越变越长。他觉察到感官之绳的远端非常敏感，它们好像触到了一个抖动着的、巨大而精密的玻璃罩。然后，感官之绳的尽头与玻璃罩结合在一起，膨胀成了一个硕大的玻璃球。他透过这个玻璃球往外看，太阳系中的一切突然都比从前大了许多。

他再一次透过玻璃球观察外面的世界。现在，他可以随意放大或缩小这颗球，能够把它变成其他形状，可以把它移近，还可以把它推远。移动时他没有感到任何阻碍。

他还看见附近有许多小行星，然后，他还看到了太阳。

"要是比巴能看到这一幕就好了！"他又想放声大喊。

这一次依然没有声音。他只感到自己缓慢地旋转着。

他慢条斯理地想："很遗憾，我完全分辨不出我身边的环境。但是，我不想知道为什么我认不出。我认出了远方，这已经足够了。"

他感觉自己好像被轻飘飘的云环绕着，而这些云轻而易举地就挤入了他的身体，一会儿轻，一会儿重。

他稍加体会了一会儿，很快就理解了这种挤压的语言。

"列萨本迪欧，你真知足！你总是安于现状！而我，这个正在挤压你的家伙，想要的远不止现在这些。我想要气态的结晶体，想要气态的、棱角分明的立柱，想要八面体，我还想要棱柱——棱角越多越好，什么都要气态的。"

列萨本迪欧想笑，他想说："佩卡，我已经认出你了。"

可是他没办法笑，他也没办法让云听懂他心里的话。

他感觉，连马内西也在不远的地方，和一些不可能存在的东西待在一起。马内西透过层层叠叠的絮状气体说着话。气体忽快忽慢地在列萨本迪欧周围来回移动。

"气态花朵!"列萨本迪欧听懂了。

他还听到马内西说："气态的蛇不难想象，可是，还有在有磁力的风中来回摆动的，长着气态枝丫的气态攀缘植物呢。还有更多，更多——"

接下来的奇怪语言列萨本迪欧就完全听不懂了。

他感到长长的感官之绳末端又产生了一阵抽动与痉挛。

他又透过感官之绳末端上的玻璃镜片看到了远方的辽阔世界。

与此同时，所有人都在北部漏斗的塔顶周围飞来飞夫，大家都在说话，可没有人在听。

比巴说："无论如何，他已经待在上面了。这样看来，他已经被巨大的彗星系统吸收了，就好像他可以被我们吸收一样。"

其他六个人问："可他还活着吗?"

比巴严肃地回答说："现在我们还不知道。我们也不知道，佩卡、马内西，还有其他已经不在我们身边的人现在是否依然活着。但是，我们已经看到上方的彗星系统。我们现在还能看到它。那只红色的眼睛正阴森森地瞪着我们塔上的灯笼。这是我们生命中的伟大时刻。现在情况还会有很大的变化。我很忐忑。"

其他帕拉斯星人也很不安，因为黑暗的夜晚并未降临。已是傍晚，蛛网云又一次没有降下，它不断地向四面八方散开，在空中形成了一个巨大的、不规则的花环。

夜晚依旧明亮。

然而，显眼的、黄色的头部系统的亮度一直在减弱。很快，它的亮度变得还不如发光的云的十分之一。

这么一来，白天也比从前暗了许多。

红色的斑点依然还在，它像一只精细的探照灯般投出一道朱红色的光束，垂直地射入灯笼内部。光束的顶端能够触碰到鲜花信号灯的中央。

到了白天，帕拉斯星的北部漏斗依然被暮色笼罩。白日里的南部漏斗现在变得非常昏暗，能见范围还不足300米。

现在，哪怕是白天，所有的电灯依然亮着。

暮色令人毛骨悚然。

没人知道会发生什么。

想睡觉的人都回到巨大的洞穴中休息，马内西早就在里面铺上了长满菌类的草地。

此时的列萨本迪欧一点都不慌乱。因为什么都听不见，他的内心反倒异常平静。他忘了周围的事物，也忘了整颗帕拉斯星。不过，他在精密的感官之绳上发现的新的球形眼睛倒是越来越灵敏了。这种敏感性丝毫没有让他感到不安。

列萨本迪欧可以用他的新眼睛清晰地看到周围的小行星。

他非常吃惊。

他默默地自语道："我完全没有想到小行星可以如此不同。"

他看到较大的行星附近环绕着许多小行星，不单是木星，土星环的后方也有许多小行星，比帕拉斯星离太阳更近的行星旁边也汇聚着小行星。

他又自语道："围绕太阳旋转的星星太多了！这数字可能有几百万。把它们聚集成一个环是不可能的。而且它们有的转得飞快，有的转得又非常慢。"

那些绕着离太阳最近的行星旋转的小行星让列萨本迪欧尤为惊奇。这些小家伙的速度太快了，他不知道它们怎么能，又是为什么转得那么快。

列萨本迪欧感觉自己不停地旋转着。

一种熟睡之前的惬意淹没了他。这让他感受到了前所未有的幸福。

他被一种全新的、持续不变的噪声包围着。他没有做梦，可是也不清醒。

"这或许就是永恒至福的一种形态！"他心想。

"现在，我总算明白为什么大多数星星总是在旋转了。圆形物体的持续旋转中藏着某种醉人的美丽，圆形的球是最令人陶醉的。这或许就是大多数星星呈球形的原因。旋转的滑轮也是如此，光想起来都令人陶醉。要是一直想着它，我就会进入一种恍惚的状态。旋转的滑轮中藏着我们星系最大的秘密。"

他思索着所有行星绕太阳画出的圈。这些圈变成了滑轮，列萨本迪欧的思绪越来越混乱了。

此刻，比巴坐在帕拉斯星最外侧他那座孤独的小屋里。

他伸出长长的眼睛凝视着远处的绿太阳。

"现在列萨本迪欧已经比我们更了解太阳了吗？勇者必胜。为什么我就没有列萨本迪欧这样的勇气呢？我也永远不会有，可这究竟是为什么？"

他沉思了许久，直到深感疲惫才停下。

列萨本迪欧看见远处有巨蛇状的物体正在旋转——在一颗透明的球体中间。而这颗球也在缓慢地自转。

"这是不是星星的内部？"他想问。

但他马上告诉自己："我为什么要问？反正我也得不到答案。哪一次我得到过答案呢！人只有在能够轻易得到答案的时候才会一再发问。我是梦是醒，这又有什么所谓？我也不想知道。在这种状态下，无论是梦是醒又有什么分别。"

可他好像看见了许多星星的内部。他震惊了。

"要是比巴能看到这些有多好！"他想，"这样他会有多高兴啊！能看的东西太多了，尤其是在太阳中间！可看到了这些，我们也不会立刻变得更聪明。一切都太复杂了，我想我或许能够理解，为什么那么多行星总是围绕着太阳旋转了，因为它们想看看这些它们从未见过的、崭新的、壮丽的、胜过一切的东西。太阳、圆球与滑轮——这些无限的象征——一直在制造最大的醉意。可知觉不会制造醉意。如果所有的生物都能认识到这一点就好了，可是这种知觉不会被它们认识，也不应该被认识……"

列萨本迪欧的思绪又混乱了。

他只觉得自己一直在旋转，身边围绕着他的噪声让他感到非常幸福，他很快乐。

神秘的语言好像一直在他身边诉说，而他好像全都理解了。

那个声音似乎在说："你想知道为什么行星绕着伟大的太阳转。哦，它不仅伟大，还很友善！这是最重要的。它为所有围着它转的星星提供大量的光和热，这就是它的善意。它让一切变得生机勃勃，不只是帕拉斯星的头部系统，还有你，列萨本迪欧。你难道感觉不到伟大的太阳在想什么吗？"

列萨本迪欧聚精会神地用全新的视觉器官使劲地瞪视着太阳，太阳好像有什么要告诉他。他用心聆听，可是他听不懂太阳在说什么。这让他很沮丧。

可他听见，围绕在他身旁的声音再一次清晰地响了起来："我们伟大的，实际上并非一直友善的太阳有许多箴言，其中有一条说，只有痛苦与折磨才能创造最强烈的快乐。我们没有畏惧的权利，因为是恐惧引领着我们前进，是它改变了我们。要是我们脱离了痛苦与折磨，我们就无法产生改变。听好了，太阳有话要对你说！"

过了一阵子，列萨本迪欧听见了一个明朗的声音："不要畏惧疼痛——也不要畏惧死亡——"

第二十三章

索凡提音乐静止了。头部系统的光束射入塔顶的灯笼。列萨本迪欧对星星的内核越来越了解，他也知道它们在追求什么了。朱红色的光束穿过整颗帕拉斯星。奎科星成了帕拉斯星的卫星。

比巴弄懂了列萨本迪欧的意思。帕拉斯星人来到星球躯干的外侧，在奎科星人的帮助下造出了许多巨大的望远镜。头部系统放射出许多彗星光束。蛛网云变得与从前一样明亮。

因为发光的云在夜里不下降，星球中枢的索凡提音乐也消失了。起初谁都没有注意到。索凡提提出这一点后，大家都摇摇头，认为这是自然而然的事。

努瑟说："我们要为最糟糕的情况做好准备。我所有的光塔都是为了黑夜而建造的。现在，白天里它们也照样亮着，不过，现在白天大概要改名为黄昏了。绿色的星星越来越耀眼。暮色与光塔形成了双重光。那实在太美妙了，我不得不说，我们从来没见过如此美妙的风景。"

戴克斯说："我觉得，星星似乎比以前离我们更近了。我想我们应该多多关注它们。"

此时索凡提道："既然我们的帕拉斯星上已经发生了那么多事情，我们暂时还是不要把心思放在其他星星上。你们快到灯笼里去，我又有新发现了。"

两人跟着索凡提乘坐塔上安装的高速带状轨道进入灯笼。那儿有一道朱红色的光束。他们发现，光束比之前宽了许多。

索凡提带着戴克斯与努瑟穿过侧门，登上最后一层的阳台。三个人看见，塔顶的上半部分到处都是他们在头部系统上发现的、那些闪耀着黄色光芒的蛇体，它们以古怪的姿势缠绕在一起。

戴克斯说："帕拉斯星的头部系统现在已经牢牢地与躯干部分连在一起。再也没有人会说这座塔是白造的了。这就是我们为什么能挖出那么多卡迪蒙钢的原因。我们做的是头部系统和躯干都想做的事。"

这件事传出去后，所有人都爬上阳台观赏。大家都对这个崭新的奇观惊叹不已。

在上方的列萨本迪欧不断地感受着星系中的新奇事物。他根本无法理解一切。他观察着行星的内部——它们亦步亦趋跟从太阳，运动得如此激烈。而太阳的内部燃烧得又是如此猛烈，他简直不知道该从何看起。他觉得很寂寞，他需要有人指引。

这个念头刚掠过心头，他就立刻听到了一个完全陌生的声音。

那个声音道："你只能逐步理解我们伟大太阳上的生活。大量小行星朝着太阳涌来，你也看到了，巨大的行星也绕着太阳旋转。连我们自己都不是很理解其间的内在关系。可不管怎么说，我们明白，最小的东西并不在我们考虑的范围内。我们必须习惯于把许多东西推到一旁，这样才能给最重要的事情腾出空间。这或许听上去很残忍，可这就是巨大的太阳与它渺小的附庸之间的关系。我们不知道在我们之后到来的巨大行星是怎么考虑与太阳之间的关系的，比如我们对木星就不是很了解。因此，个别小行星才围绕着它旋转。"

列萨本迪欧感觉他的玻璃球般的视觉器官一阵刺痛。他什么都看不见了。他也什么都不想看了。

很快，光塔的灯笼中又出现了翻天覆地的新变化：蛇体的黄色光芒变得越来越暗淡，它们几乎完全静止了。朱红色的光束以可见的速度越变越宽，很快就变得比下面的信号灯还要宽。它继续往下照射，现在已经穿过了中枢孔。

在此过程中，下方小光塔上的卡迪蒙钢筋变成了耀眼的白色。

戴克斯担心钢材会受到光的腐蚀。他对钢筋进行了研究，可并没有发现什么让他担心的东西。相反，他发现，要是长时间暴露在朱红色的光束下，他的身体竟进入了一种前所未有过的兴奋状态。他描述那个状态的时候实在太过激动，许多帕拉斯星人立刻就从他身边逃开了，只有比巴听完了他说的话。接着，比巴亲自飞入了红光。他也感受到了同样的兴奋。

不过，两人都说，这种全新的兴奋感绝对不会使人不适，反而让人更加活跃。很快，所有帕拉斯星人都进入了红色的光束区。现在，光束已经照到了南部漏斗，甚至把南部漏斗的边缘都照亮了。然后，大家发现这束光已经照到了另一颗小行星上。

人们尝试着用镜子反射红光。反射的光线照到漏斗壁上的时候，那儿的石头泛出深紫色的光，映射出美丽的光华。

努瑟注意到，在朱红色光束的照射下，他的光塔几乎都变成了苍白色。人们决定不要过于频繁地用镜子反射红光。最终，红光只被反射到南部漏斗那些光塔无法照亮的地方。

列萨本迪欧突然想起，他之前说过会给比巴捎信。

比巴仍然枯坐在寂静的小屋里，想着消失的列萨本迪欧。突然，比巴发现自己的小屋被一片柔和的、蓝绿色的光照得格外明亮。列萨本迪欧的一根感官之绳翻山越岭，终于来到了比巴的小屋。列萨本迪欧看见了比巴。感官之绳的头部与寻常的玻璃不同，它不会轻易破碎。可这特殊的玻璃头部在帕拉斯星人的眼里只是一道蓝绿色的光芒。

列萨本迪欧想告诉比巴些什么。与巨大的彗星成为一体的他可以轻而易举地将自己的想法传递给比巴。

列萨本迪欧说："你们应该去帕拉斯星的外侧生活。帕拉斯星的躯干与头部系统，与其他小行星，与整个行星系统，甚至与太阳系都是共生关系。你们也应该参与到这种关系中去。去外侧生活吧，造些巨大的望远镜。奎科星人会帮助你们的。你们会发现许多新鲜事。我也还在探索。世上没有一蹴而就的事，你们只能慢慢摸索。星星也只能慢慢发展。我虽然还不是星星，但我还在努力。我已经可以感受到一部分星星内部发生的事情了。太阳对我来说还太庞大，其他行星目前对我来说也太庞大。可是千万别忘记，我们一定要向同一个目标前进。你们不要忘记那个列萨本迪欧！"

接着，小屋里变得一片漆黑。比巴高喊："谢谢你，列萨本迪欧！"

他立刻冲出去，把刚刚发生的事告诉了所有人。

帕拉斯星人全都转移到躯干部分的外侧，睡在那儿的菌物草地上。早上醒来时，所有人都伸出长长的眼睛，观察着绿色的星星。

奎科星人一直在考虑如何建造出巨大的望远镜。

列萨本迪欧不但让帕拉斯星人明白了他的意思，甚至让他们按他的要求去做了。在上方的他此刻非常高兴。

列萨本迪欧巨大的眼睛又落在了太阳和离太阳很近的行星上。

他发现，所有的星星由始至终都义无反顾地探求着那个他理解不了的、极大的秘密。它们一往无前的勇气让列萨本迪欧感动。他的心中产生了一股野性的冲动。

他在脑海中大喊："尽管我不知道该何去何从，但我也想继续前进！可是，行星之间存在着一种蔑视。它们不甘于渺小，它们只想变得巨大有力。这本身就是一种躁动，它会让松弛的幸福感消失。你能看见火山爆发、星球震动、风暴呼啸，还能看见令人目眩神迷的光旋涡。这取决于我是否还活着。如果我还活着，那就是星球与我同在，星球在我的体内与我共生——这是一种宇宙生命！一切都太复杂了。可就在这种复杂性中，我获得了至高的幸福。我应该减少那种令人松弛的休眠。一切应该转得更快，这样我就能吸收更多的东西。永恒的旋转会带来醉意，而不断旋转的球体与滑轮将会扼杀渺小的东西。向前进！不要害怕痛苦！不要害怕死亡！球体！无限！滑轮！圆圈！那些圆圈！"

列萨本迪欧的思绪又一次混乱了，他只能感到暴风雨般的狂喜。

帕拉斯星人突然看到奎科星正在靠近。

纳克斯和伙伴们欢呼雀跃。

帕拉斯星人带着10个娇小的奎科星人利用高速的绳索飞往奎科星，比巴也在其中。

星球上迎来了一场盛大的团圆。然后，奎科星人小心翼翼地将一些水母般的材料从星球上分离出来。他们带着材料飞回帕拉斯星，在星球的外侧造了许多望远镜。

在奎科星好奇地围着帕拉斯星转的同时，帕拉斯星的头部系统与躯干越来越紧密地结合在一起。飞去奎科星的帕拉斯星人越来越多，飞来帕拉斯星的奎科星人也越来越多。

两颗星球上的生活发生了极大的改变。

列萨本迪欧觉得自己的感知与想法和从前越来越不一样了。彗星系统的追求渐渐占据了他的内心。

他想："我们确实也想到太阳那儿去，可我们依然悬挂在帕拉斯星上面。帕拉斯星中还有很强的能量。这颗星球还在沉睡。我们应该把它叫醒。"

列萨本迪欧把他的想法传达给比巴。他告诉比巴，要是我们能知道彗星想要什么就好了。

与此同时，帕拉斯星人和奎科星人发现，头部系统变得非常不稳定，它向各个方向放出刺眼的彗星光束。

蛛网云又恢复了原来的样子。云之花环发出耀眼的光芒，花环的周围火花四溅。云甚至比从前更明亮了。

光芒与火花渐渐消失了。

列萨本迪欧用他的新眼睛看到了一切。

帕拉斯星上到处闪烁着蓝绿色的光。

第二十四章

　　为了观测太阳，比巴建了一条全新的带状轨道，它从星球的中央延伸到星球外侧。列萨本迪欧告诉比巴太阳最重要的事。邦比姆巴想要追随列萨本迪欧进入头部系统，可他没有成功，他被拉卜吸收了。奎科星人想在帕拉斯星上复兴艺术，但大家都忙于观察星星。两颗流星来到帕拉斯星周围，绕着塔与头部系统旋转。它们被大气包裹着，没人能靠近它们。头部系统一直在下降，几乎已经与躯体紧密地连在一起了。众人经常能看到列萨本迪欧的蓝绿色光芒，有时候它甚至同时出现在不同的地方。

　　奎科星还没成为帕拉斯星的卫星之前，比巴就在考虑建设一条非常宽的带状轨道，用以观测太阳。轨道应从星球躯干部分的中央一直延伸到星球的外侧，且应当运行得极慢。既然帕拉斯星自转的方向是自右往左，那这条轨道就应该自左往右建造。如此一来，星球的自转就会被抵消，人们可以不受干扰地坐在轨道上观察星星，尤其是太阳与小行星。

　　轨道很快就建成了。比巴迫切地想要看到太阳，这让他暂时忘却了其他的一切。在这条缓慢前行的带状轨道上也安装着一台用以观测太阳的巨大望远镜。

有一天，比巴在望远镜前工作了许久，疲惫不堪的他正准备回到自己的小山洞中休息。此时，他突然又看到了蓝绿色的光。他立刻就明白，列萨本迪欧又回来了。

他听见列萨本迪欧焦急地说："最大的折磨与最大的幸福不会同时降临。不——在我们太阳系，两者几乎总是同时到来。太阳已经告诉我，我们不应该害怕痛苦——死亡或许是最大的痛苦。可死亡中也囊括了最大的幸福，消解在更伟大、更强悍的东西之中会带来绝无仅有的感受。许多生物尽情享受死亡，因为它们无法掌控死去的那一瞬。就好像我们无法掌控入睡的那一瞬一样。但是，我们的身体在消失前会变得透明，我们能够充分意识到自己的死亡。因此，我们并不畏惧死亡的降临。可我们太阳系中的许多其他生物畏惧死亡。亲爱的比巴，这我一直都知道。可是，现在我也已经知道了伟大的太阳哲学中最重要的一点——既要将自己献身于更伟大的他者，又要追求完全的自主。在大大小小，围绕着伟大的太阳旋转的无数颗星球上，这两者拥有着几百万个变种。连彗星也不例外。献身是最伟大的事。这或许令人不解，因为完全的自主与献身似乎是彼此矛盾的。可是，献身的对象永远是更伟大的东西。所以，小行星之环这个想法是非常正确的。土星环就是我们的典范。如果我们能将小行星组成一个巨大的环，它共同的精神无疑将胜过每一个个体。所以，我们必须团结一致向这个目标靠拢。我们还可以继续向前进。或许，我们最终可以献身于整个伟大的太阳系。或许我们会死在里面，死在整个伟大的星系，死在所有行星、彗星与流星中，可我们同样也生在其中！亲爱的比巴，想想小行星之环的死亡。这必定充满了痛苦，可这也一定是一种至上的幸福！死亡只是消失在更伟大的东西之中。哦，把我的话告诉所有人吧，包括那些有趣的奎科星人。敢于自我折磨的人才能前进。后会有期！"

比巴一言不发地躺在长满蘑菇的草原上。

蓝绿色的光再一次消失了。

比巴向大家复述了列萨本迪欧的话。

所有人都深受震撼，尤其是提到自我折磨的最后一句。

死去的帕拉斯星人比以往任何时候都多。

邦比姆巴想追随列萨本迪欧进入头部系统，可他失败了。他尝试了三次，每次都从高处坠落。可怕的疼痛让他抱怨不已。拉卜只好吸收了他。

众人都在讨论邦比姆巴的痛苦。从前，帕拉斯星人被吸收的时候从来没有像这样抱怨过。再也没有人愿意像列萨本迪欧那样跳入头部系统了。帕拉斯星人无法领会列萨本迪欧所说的痛苦。连比巴都认为，列萨本迪欧之于痛苦的观点与他如今的状态是分不开的，因为他已经见识到许多其他星星上发生的事，可这对帕拉斯星人来讲并没有那么容易理解。

可列萨本迪欧越来越清楚地感受到痛苦的重要性。他还注意到，许多星星上依旧保留着许多特别令人不适的设置，就是为了让该星的生物领会痛苦的意义。

列萨本迪欧清晰地听到身边的那个低沉的声音说："如果你避免痛苦，你的感受力就不会提升。疼痛只是一种更加激烈的感受。"

列萨本迪欧不知道声音的主人是谁，但他还是记住了这些话，并想把这些话传达给帕拉斯星人。但他意识到，他们暂时还无法理解这席话，他们的生活一直都太过于平静。

奎科星人非常惊讶地发现，建完塔后，帕拉斯星人完全没有任何新计划。

艺术很快又重新回到了大家的视野。小纳克斯试着鼓励戴克斯、索凡提和努瑟，又跑去游说年迈的拉卜。可四个人都说，他们眼下不想安排任何艺术工作，因为帕拉斯星人还在积极地观测其他星星。

索凡提笑着说："这都是奎科星人的错。要是我们没有在星球外侧及塔上安装那么多观星台，现在就不会这样了。"

　　许多硕大的彗星疾速掠过帕拉斯星飞向太阳的时候，观星台的作用才真正体现出来。大家发现，每颗彗星的头部都是由完全不同的物质组成的。有一颗彗星上甚至有着崎岖不平、翅膀般的梯田。比巴想飞到其中的一块梯田上去，可彗星飞行的速度实在太快，绳索加速装置赶不上它的速度。

　　结果，大家在各处都装上了绳索，这倒是方便了众人飞往奎科星。

　　人们在奎科星上用可充气的薄膜制造望远镜。在帕拉斯星上，巨大的膜料无法得到分离，因此，制作望远镜时只能采用较小的可充气膜料。而在奎科星上就没有这种问题。

　　比巴不仅在奎科星上看到了比以往更庞大的太阳，还看到了无数小行星。他发现，他几乎找不出两颗相似的小行星。因此，比巴觉得把这些大相径庭的宇宙生命聚集在一起是一个极为困难的任务。

　　在奎科星上也能观测到流星。人们发现它们也是星体生物。

　　一件前所未有的事让帕拉斯星人更确信这一点：有两颗流星飞到帕拉斯星附近，像两颗小卫星般绕着帕拉斯星的巨塔盘旋，划出两道长长的椭圆轨道。

　　人们决定飞向流星。戴克斯和努瑟加速飞往空中，他们飞到离流星1000米的地方，但没有继续前进。两人发现，流星被一种极为特殊、极为清新的大气包裹着，他们无法靠近。

流星上长着许多修长而活跃的肢体，它们闪烁着五彩斑斓的光。在它们不到100米长的躯干上看不到任何微小的生物。透过奎科星上的望远镜可以清楚地观察到一切。

可是，众人没能观测到流星的头部。虽然奎科星与帕拉斯星上的人用尽全力吸引流星的注意，可它们完全没有注意到这些信号。尽管如此，它们还是热情地绕着巨塔与头部系统旋转，好像觉得它们特别有趣似的。

人们的目光久久都无法离开这两颗小小的卫星。越靠近帕拉斯星的头部系统时，它们躯干上的肢体就变得越活跃。

很快，人们的关注点又转移了。有一天，从上方穿过帕拉斯星中枢的那道朱红色光束明显变小了，它越退越远，最后隐没在高处，没有留下任何痕迹。

头部系统离塔的顶部却越来越近，因此产生了一股向下的强劲气流。被遗忘了许久的索凡提乐章再次在中枢处响起。

接着，整个头部系统激烈地向下蔓延，它用精密的光臂与巨大的气态云雾紧密地环抱着整座塔。

现在，人们可以清晰地看到，到处都出现了硕大的彗尾。

许多巨大的彗尾在北部漏斗交相辉映。

全新的奇迹引起了帕拉斯星人极大的关注。

人们又试着用镜面反射彗尾发出的光线，他们发现，这光能使人昏昏欲睡。

凡是被这种光线照到的人立刻陷入沉眠，他们会落到最近的小丘上，或在塔中一连睡上好几个小时，他们甚至都无法寻找安睡的草地。当然，其他帕拉斯星人立刻就会把他们带到长满蘑菇的草原上。

可是，这些彗尾带来的效应实在过于神秘莫测。显然，这根本无法用自然力来解释。

列萨本迪欧感觉，头部系统一直在向下移动，它几乎快要与躯干部分和塔紧密地结合在一起了。这样，列萨本迪欧离帕拉斯星人也越来越近了。大家经常能看见蓝绿色的光，它有时候甚至会同时出现在不同的地点。

第二十五章

　　蛛网云变成了规则的花环形，比巴认为这是一个很好的示范。列萨本迪欧让比巴回忆起帕拉斯星人建塔时的痛苦，并告诫他极大的痛苦即将到来。当帕拉斯星的头部系统与躯干结合时，痛苦降临了。列萨本迪欧经受了最可怕的疼痛。整颗帕拉斯星剧烈地摇晃着，一些带状轨道损坏了，巨塔开始发出铿锵声。然后，列萨本迪欧感觉他终于和双星系统融为一体了。他的新生命开始了。一切都在慢慢靠拢，小行星之环也将聚在一起。

　　蛛网云也发生了变化。它离头部系统越来越远，逐渐变成了非常规则的花环形。花环越来越扁平。最后，人们在帕拉斯星与奎科星上都可以看到，云上到处都均匀分布着红色的小脑袋。另外，大家还发现，小生物纤细的身子上也长出了长长的肢体。它们依序排成一排，彼此之间的空隙越来越宽。云整体的特性彻底消失了。人们无法接近这些细微的花环，也无法与小生物们进行沟通。它们像从前一样展现出强大的排斥，拒人千里之外。

比巴赞叹："这不仅对我们，而且对巨大的小行星环都极具示范作用。"

比巴在塔顶的灯笼上观察崭新的云之花环时，他发现空中又出现了蓝绿色的光。那是列萨本迪欧到访的标志。

列萨本迪欧言简意赅地阐释了他的想法："帕拉斯星人怎么那么快就把我说的全忘了！如果不愿意理解痛苦的含义，你们将永远生活在软弱的懈怠中！可事实根本并非如此。当初，你们克服万难才造出了巨塔。你们难道没有从中感受到足够的痛苦？这对所有人来说难道不是一种巨大的折磨？一切完成后，你们难道没有感到莫大的解脱？可是，太多新鲜事接踵而至，你们立刻就忘了自己该做什么。亲爱的比巴，请告诉所有人，千万不要低估痛苦的力量。或许你们即将面临非常可怕的事情。千万要做好准备。我感觉，我很快就将无法再给你们捎话了。别忘记太阳说的话！再会了！"

比巴听见细微的爆裂声，蓝绿色的光随之消失了。他立刻跳上最近的带状轨道，冲进信号站中把消息传到所有帕拉斯星人的耳畔。

这让所有听众产生了前所未有的恐惧感。

就在说完这些话之后，列萨本迪欧感觉他从前的身体回来了，只不过变得更长、更宽了。一场阵雨穿过他的身体，他感觉一切都在他的体内颤抖。他感到身体里各个部位都传来刺痛。

然后，他觉得从自己全新的视觉器官中传来一阵痉挛，它们在向下方移动，它们想要与巨大的躯干部分结合。他所有的肌腱与肌肉都在激烈地颤抖，这让他几乎放声大喊。

周遭一片黑暗。列萨本迪欧什么都看不见了。他只感到撕裂般的疼痛越来越强烈。

帕拉斯星人突然也感受到与列萨本迪欧一样的疼痛。这疼痛虽然没有列萨本迪欧在上方感受到的那么强烈，可帕拉斯星人还是放声高喊。

痛苦的叫喊此起彼伏，北部漏斗处处飘荡着可怕的回声。星球中枢传来索凡提乐章那低沉的呜咽与轰鸣。

头部系统上的彗星物质喷涌到巨大的塔上，成千上万道刺眼的光束四处窜动着。它们越压越低，照亮了北部漏斗，也照亮了南部漏斗。整个帕拉斯星的躯干部分在电火花中熊熊燃烧。星球在颤抖。

这种震颤让巨塔激烈地摇晃着。

帕拉斯星人的叫声越来越凄厉。所有人都觉得这颗星球即将裂成两半。

索凡提的膜料发出刺耳的呻吟与尖啸。一些膜裂开了，发出震耳欲聋的爆炸声。

在帕拉斯星上停留的奎科星人全都陷入了昏迷，毫无意识地躺在地上。没有人去照料他们。

比巴与拉卜对疼痛的承受能力最强，他们没有大喊，只是呻吟了几声。他们用星球外侧的望远镜观察其他小行星。他们发现，许多小行星上都产生了电光。

"可怕的事情发生了！"比巴对拉卜喊道。

拉卜没有作答。

然后，比巴又用望远镜观察太阳。太阳的表面也产生了激烈的风暴与火花——比以往任何时候都更活跃。

他呻吟道："我觉得，我们之间的距离大概被拉近了。这太痛苦了。要是现在列萨本迪欧能在这儿说些什么就好了！"

可是列萨本迪欧什么都没有说。

帕拉斯星人的痛苦渐渐平息了。他们又聚集在一起，讨论起这件最新的奇事。它让所有人都明白了痛苦的含义。比巴对这件事发表了他的看法。

他说："帕拉斯星的头部系统和躯干已经重新结合。古老的帕拉斯星现在获得了新生。唤醒新生命会产生可怕的感觉。星球上下发生了大合并。这也是其他小行星的典范。我亲眼看到，它们对帕拉斯星的疼痛做出了反应，太阳的反应更为激烈。我们也应该更加团结一致，艺术上的分歧不该让我们彼此疏远。"

比巴说："我觉得，帕拉斯星上的艺术只是完成目标的一种手段而已。"

许多帕拉斯星人都表示同意。

大家纷纷去找奎科星人，并把他们叫醒。他们对这个新事件分外惊讶。他们都想回奎科星。

帕拉斯星剧烈震动的时候，留在奎科星上的帕拉斯星人只感受到肢体上轻微的抽搐。

结果，为了躲避下一次风暴，许多帕拉斯星人迅速地飞往奎科星。所有奎科星人都离开了帕拉斯星。

奎科星也发生了许多变化。这颗小行星不再自转了。

围绕着帕拉斯星头部系统的两颗流星的肢体也变得十分僵硬。

可列萨本迪欧的疼痛一点儿也没有消失。他的痉挛突然变得更加严重。他再也受不了了。他想伸开他根本不存在的肢体缓解痛苦，可这无济于事。他觉得他被绑在帕拉斯星的躯干上了。

他同时感觉到了帕拉斯星的头部系统与躯干。他已经和这两者合为一体了。他也重获新生，这是一种帕拉斯生命。

第二次波及整个双星系统的痉挛远比第一次可怕。

塔发出可怕的铿锵声。

索凡提乐章突然终止了，因为所有的薄膜在一瞬间全部裂开了。

整个帕拉斯星的躯干又一次激烈地震动着，许多带状轨道都损毁了。

然后一切重归平静。

塔上与漏斗中的彗星物质突然平静了，它们闪烁着。塔顶灯笼的光线最明亮，也非常平静。

这一次，帕拉斯星人承受住了疼痛。没有人大喊。

比巴静静地说："我相信，现在一切都已过去，不会再有震动了。我们应该一起到望远镜那儿去，损坏的带状轨道还等着我们修理。"

众人修好带状轨道，纷纷来到望远镜前方观测小行星。

列萨本迪欧的感觉与从前大不相同。他觉得自己渐渐与整颗星球融为一体。帕拉斯星人的一举一动再也无法牵动他的内心。他还发现，他又获得了新的器官，他能够通过大气观察物体。围绕着星球的大气就像一台巨型的望远镜。

然后，列萨本迪欧与奎科星对话，与流星对话，也和那些曾经把帕拉斯星照得如此明亮的蛛网云上的小生物对话。

列萨本迪欧意识到，他和他的双星也可以向其他小行星靠拢。

星系中的小行星都在谈论彼此靠近的必要性。

大家异口同声地说："小行星必须统一！我们只要在一起就可以继续前进，就好比土星之环那样！痛苦是在所难免的！"

列萨本迪欧感到四肢依然在抽搐。

不过一切终于过去了。

他感到自己慢慢地旋转着。他还感觉到所有的星星都在向他靠拢。

他自语道："即便需要战胜非常可怕的痛苦，我们依然想要接近彼此。只要克服了它，这也会是一种幸福。我感觉到了。奉献的过程充满痛楚，可这是无法避免的。我非常愿意向更伟大的星星献出自己，尤其是太阳。"

他有力地舒展着整个躯体。他的躯体就是帕拉斯星的躯干。

双星还在继续转动。

小行星纷纷发出闪耀的电光向双星的新生致意。

列萨本迪欧梦见，他可以自由地到达任何他想去的地方了。他拥有了群星之力。

他好像在梦中与土星之环以及土星的卫星说话。此时，奎科星对列萨本迪欧说："留在我们身边吧。"

列萨本迪欧醒了。

他看到了整颗奎科星和它的内部。它是如此温柔，仿佛轻抚过他身体的双手。

"我们要继续前进！"列萨本迪欧听见从奎科星上传来的声音。

他还听到太阳的吼声："只要我们不畏惧疼痛与死亡！"

两个声音都清楚地印在列萨本迪欧的心中。

列萨本迪欧安静地自转着，他感到异常镇静。他仿佛轻而易举地进入了一个宛如马内西的攀缘植物般温柔地来回摆动的新世界。

"和大家在一起！"列萨本迪欧默默告诉自己。

绿色的太阳灿烂地照耀着，仿佛它也迎来了崭新的生命。